멀려가봤자 웃음이

La collec' des filles

말루후
나는구려…
내올려도 웃어이
어디 멀려가 봤자

Illustrations
de Mathieu Sapin

Balade d'été

Catherine Ganz-Muller

Éditions Lito

La valise de
Maud

en vacances

1• Un jean
2• Un T-shirt
3• Un ciré
4• Un foulard de madras
5• Un débardeur

Chapitre 1

Après quinze jours passés à Rome avec sa mère, Maud était soulagée de terminer ses vacances auprès d'Opa et de Mona. Elle avait accepté avec patience de suivre Elsa de musée en galerie et de rendez-vous d'affaires en cocktails, mais il était temps que cela s'arrête : qu'Elsa retrouve son cabinet de décoratrice parisienne très en vogue et surtout que Maud rejoigne enfin ses grands-parents aux Traverses, ce hameau des Alpes de Haute-Provence qu'elle aimait tant. Seule cette perspective lui avait permis d'endurer les journées mondaines infligées par une mère peu disponible.

Arrivée la veille au soir épuisée, Maud avait dormi jusqu'à dix heures. Le chant des fauvettes et le bêlement de Jacquotte, la chèvre d'Opa l'avaient finalement sortie d'un sommeil réparateur. Une bonne odeur de café l'avait attirée dans la cuisine où Mona s'activait.

– Ton grand-père a cueilli des myrtilles hier après-midi ; tu aimes toujours la tarte ?

Pour toute réponse, Maud posa tendrement sa tête sur l'épaule de sa grand-mère occupée à pétrir la pâte. C'était si doux de retrouver la quiétude de la maison, le sentiment qu'elle était attendue, aimée. Elle savait que sa présence était aussi la joie de ses grands-parents qui vivaient seuls au chalet depuis leur retraite.

Mona frotta ses mains contre son tablier pour les essuyer et regarda affectueusement sa petite-fille.

– Tu n'as pas très bonne mine, ma marmotte. Il était temps que tu respires l'air des montagnes !

Elle lui servit un grand bol de chocolat fumant et s'assit en face d'elle, une tasse de café à la main.

Maud remarqua les petits fromages ronds et blancs alignés sur la paillasse de l'évier.

– Opa et Jacquotte ont bien travaillé, on dirait, jugea-t-elle avec plaisir ; je vais me régaler !

Mona eut un sourire attendri.

— Tu connais ton grand-père, depuis qu'il n'a plus d'élèves et d'exercices de mathématiques à corriger, il s'adonne avec passion aux différentes méthodes de fermentation et d'affinage du lait, il fait des essais, souvent réussis…

— Et il ne veut toujours pas vendre ses fromages ?

— Sûrement pas ! Il sait bien qu'une clientèle satisfaite lui demanderait une plus grande production. Il dit en riant qu'il est trop vieux pour les grandes entreprises, mais je crois surtout qu'il tient à sa tranquillité et à ses expériences !

— Je peux en manger un tout de suite ?

— Bien sûr ! acquiesça Mona.

Elle étendit délicatement la pâte crémeuse sur une grosse tranche de pain frais.

Maud croqua avec gourmandise dans la tartine sous l'œil attentionné de sa grand-mère qui rompit rapidement le silence chargé d'émotion qui s'était installé.

— J'ai croisé Léa au village, je lui ai annoncé ton arrivée, elle t'attend avec impatience !

Puis elle but son café d'un trait, et se leva prestement, incapable de rester assise.

— Mon repas n'est pas tout à fait prêt, on mangera vers une heure, tu as le temps de descendre lui dire bonjour. Ah ! ajouta-t-elle en se retournant vers sa petite-fille, Romain aussi t'attend, il a téléphoné deux fois, il est même passé hier…Tu devrais l'appeler…

— Hum, hum… marmonna Maud qui n'avait aucune envie de le voir.

Romain était le neveu d'Armande, une amie de Mona. Les deux jeunes gens se connaissaient depuis longtemps, ils avaient partagé leurs jeux d'enfants. Au cours de l'été dernier, le sentiment que Romain portait à Maud avait évolué. Un après-midi où Léa ne les avait pas accompagnés en promenade, il avait déclaré son amour à la jeune fille et voulu l'embrasser. Maud en gardait un mauvais souvenir. Romain était gentil, mais elle le trouvait un peu niais et surtout terriblement taciturne, elle n'éprouvait aucune attirance pour lui. « Il faut que je trouve le moyen de l'éviter », se dit-elle, craignant qu'il ne lui parle à nouveau de ce qu'il appelait « son amour ». Maud l'avait cru gauche et timide, et ce jour-là, l'insistance du jeune homme à la prendre dans ses bras lui avait fait peur. « Pas question que je me retrouve seule avec lui ! » conclut-elle en terminant son petit déjeuner. Excitée à l'idée de rejoindre son amie Léa qu'elle n'avait pas vue depuis six mois, elle oublia rapidement Romain.

Les deux jeunes filles étaient amies depuis l'enfance. Léa était la petite-fille de Léonie, propriétaire du café du Villars, le bourg le plus proche du hameau des Traverses. Habitant Gap, elle venait passer ses vacances chez sa grand-mère où elle aidait un peu au commerce. Maud avait hâte de la retrouver, de partager à nouveau des heures de promenades-confidences. Leurs fous rires lui manquaient, et même si elle avait d'autres amies au collège, Léa était la seule à qui elle pouvait parler comme à une sœur.

— Ton vélo est dans le fenil, Opa l'a bichonné tout l'hiver ! cria Mona en voyant sa petite-fille franchir le seuil de la maison, il l'a repeint en bleu, le bleu que tu voulais !

Maud rejoignit son grand-père dans la grange aménagée en atelier. Penché sur le mécanisme complexe d'une ancienne pendule de cheminée, Opa ne l'entendit pas arriver.

– Tu bricoles toujours tes vieilles horloges ?

Il leva la tête de son ouvrage et sourit à sa petite-fille.

– Je ne bricole pas. Je répare, je restaure. Je n'aime pas que le temps s'arrête.

Il posa les fines brucelles[1] qu'il tenait entre ses doigts épais et embrassa Maud.

– Bien dormi ? J'ai une surprise pour toi.

Il se dirigea vers le fond du local où pendait à un crochet une bicyclette bleue.

– Elle te plaît ? J'ai aussi refait les freins et changé le garde-boue arrière, dit-il en décrochant le vélo.

Maud remarqua tout de suite le petit panier ajusté devant le guidon. Un accessoire dont elle rêvait depuis longtemps. Elle sauta au cou de son grand-père.

– Merci ! Merci ! J'en avais tellement envie !

Elle enfourcha la selle.

– Je te laisse à tes rouages, je descends voir Léa ! lança-t-elle en déposant un rapide baiser sur la joue ridée d'Opa.

---

1. Petite pince.

14

Quel plaisir de retrouver la petite route ensoleillée ! Un vent frais et léger sifflait joyeusement aux oreilles de la jeune fille, ébouriffant ses cheveux. Un rapace tournoyait dans le ciel bleu en poussant des cris aigus. « Libre ! Je suis à nouveau libre ! » pensa Maud en pédalant allégrement. Elle avait envie de chanter, de remercier ces montagnes protectrices. Devant elle, le panier vibrait gaiement. Elle se sentit envahie d'un amour débordant pour ses grands-parents paternels. Opa et Mona, c'était la sécurité, la tendresse assurée, l'écoute qui lui manquaient tant. Depuis le divorce de ses parents, le chalet des Traverses était devenu le seul endroit où elle se sentait chez elle. Luc, son père, pilote de ligne était toujours en voyage, mais à la différence d'Elsa, lorsqu'il était avec sa fille, il se consacrait complètement à elle. Hélas ! ces occasions étaient bien trop rares.

Maud dévala rapidement les trois kilomètres qui séparaient les Traverses du village et posa son vélo près de la fontaine. Quelques touristes étaient attablés à la terrasse. La jeune fille traversa la petite place ombragée et entra dans le café. Léonie s'affairait derrière le bar. Quatre habitués jouaient aux cartes dans un angle de la salle. Romain était là, accoudé au comptoir. Maud hésita : « Je ne vais pas le fuir tout l'été, et puis c'est Léa que je veux voir », se dit-elle en avançant d'un pas déterminé. Romain avait son air de cocker triste qui l'agaçait tellement. Il s'approcha, le visage empourpré.

— Bonjour ! balbutia-t-il en se plantant devant elle.

Maud crut qu'il allait lui faire une bise, elle recula légèrement.

— Salut, murmura la jeune fille du bout des lèvres.

— Je suis content que tu sois arrivée, on va…

— Alors, la Parisienne ! Te voilà parmi nous ! l'interrompit Léonie joyeusement. Léa ! Léa, viens vite ! Tu as une visite !

Contrarié, Romain reprit sa place près du bar. Ignorant le jeune homme, Léonie se pencha vers Maud et lui confia en riant.

— Léa travaille dur cet été, mais ça lui fait un peu d'argent de poche. Et toi ? C'était beau l'Italie ?

Léa entrait, les bras chargés de bouteilles de

sirops colorés. Elle déposa son fardeau sur le zinc et embrassa son amie. Avant même qu'elles n'aient échangé une parole, Léonie proposa :

— Je suis sûre que vous avez beaucoup de choses à vous raconter. Offre donc un jus de fruit à Maud et allez papoter dehors ! Vous serez plus tranquilles, ajouta-t-elle avec un clin d'œil vers Romain qui jetait à Maud des regards malheureux.

— Ton galant est là depuis ce matin ! Il savait que tu allais arriver et n'en pouvait plus de t'attendre ! s'amusa Léa en s'asseyant sous un parasol.

— Et il n'a pas fini ! s'exclama Maud.

Les deux jeunes filles éclatèrent de rire et changèrent vite de conversation. En quelques phrases, Maud raconta son voyage à Rome et les dernières anecdotes sur sa mère.

Maud venait toujours aux Traverses lors des congés scolaires, mais le reste de l'année elle vivait en région parisienne avec Elsa, c'est-à-dire à peu près toute seule. Lorsqu'elle retrouvait Léa, elle se laissait aller aux confidences ; parler avec dérision des journées d'hiver passées avec sa mère la soulageait. Elsa était un vrai courant d'air ; passionnée par son métier, elle lui consacrait davantage de temps et d'attention qu'à sa fille. Elsa se levait bien après le départ de Maud pour le collège, mais elle laissait toujours un peu d'argent sur la table de la cuisine pour les courses. Si par hasard, elle rentrait à l'heure du dîner, elle était généralement « ééépuisée » et incapable d'accomplir une tâche ménagère quelconque.

— J'ai souvent l'impression que les rôles sont inversés, confia Maud, je dois m'occuper d'elle comme d'une enfant.

— Elle mange toujours des aliments macrobiotiques ? se moqua Léa.

— Non, cette année, son nouveau truc, c'était le feng shui, tous les meubles ont changé de place dix fois ! J'avais l'impression de déménager tous les week-ends !

Maud ne parla pas du nouveau copain de sa mère, « aaadorable » mais tellement envahissant et qui ignorait délibérément la présence de la jeune fille.

— Rien n'a changé, conclut Léa avec philosophie.

— Non. Sa vie est toujours un énorme capharnaüm…

Le visage de la jeune fille s'assombrit.

— Elle viendra passer un week-end ? demanda
Léa.

— Pas cet été. Elle a un nouveau chantier qui lui
prend beaucoup de temps. J'aime autant, avoua-
t-elle.

— C'est vrai qu'entre ta mère et Mona, ce n'est
pas l'entente cordiale ! ironisa Léa.

— Et je veux avoir des vacances tranquilles,
ajouta Maud.

Elles échangèrent un sourire entendu.

— Pour moi, ce seront des vacances lucratives.
Léonie m'a embauchée jusqu'en septembre.

— Et nos balades ? demanda Maud avec appréhension.

Léa posa sa main sur celle de son amie.

— T'en fais pas, tu connais Léonie, on pourra
sûrement aller se baigner et cueillir des gentianes
et…

Le crissement des freins d'un vélo s'arrêtant à
leur hauteur les interrompit.

— Salut Léa !

Un grand garçon, chargé d'un énorme sac à dos se pencha pour embrasser Léa, en tenant son guidon d'une main.

— Je te présente Maud, mon amie qui vient de Paris. Maud, voici Oscar. Lui, il vient de très loin pour passer ses vacances ici !

Maud pensa qu'Oscar était originaire d'un pays d'Afrique, comme Mohamed, un copain sénégalais du collège, mais Oscar expliqua en souriant, avec un geste du bras :

— La Martinique. C'est juste de l'autre côté des montagnes ! Puis il tendit à Maud une large main à la paume claire. Son regard retint celui de la jeune fille qui hésita à baisser les yeux.

— Tu me sers un Coca ? demanda-t-il à Léa.

Il déposa sac et bicyclette le long de la façade et vint s'asseoir à leur table. Oscar avait des gestes lents et précis, une démarche souple que Maud prit plaisir à observer. Il était vêtu d'un jean effrangé et d'un t-shirt rouge vif. Il semblait immense et portait sur la tête un petit chapeau en toile gris et jaune très amusant.

— Il va falloir que tu ailles le chercher toi-même, nous, on ne bouge pas, annonça Léa en riant.

Oscar se leva avec grâce.

— Si c'est l'heure de la pause, alors...

Et il disparut à l'intérieur du bar. Maud se pencha vers son amie.

— Qui c'est ?

— Sa famille a loué le gîte des Nonais, pas très loin de chez vous. Je l'ai rencontré à la fête des bergers la semaine dernière...

— Tu sors avec lui ? demanda Maud sur le ton de la confidence.

Léa sourit.

— Mais non, je suis toujours avec Frank, tu sais bien !

— Il est trop beau ! remarqua Maud discrètement au moment où Oscar revenait, une canette à la main.

— Qu'est-ce que vous racontez, les filles ?

Léa fit un clin d'œil à Maud et répondit rapidement.

— On parle de la cueillette des gentianes, improvisa-t-elle. Maud sera obligée d'y aller toute seule cette année, je suis trop occupée.

Oscar s'adressa à Maud.

— Ça peut s'arranger, on pourrait y aller

ensemble, ce serait l'occasion de me faire découvrir des coins que je ne connais pas !

Maud vida son verre pour se donner une contenance. Elle en voulait un peu à Léa. De quoi se mêlait-elle ?

— Il faut que je remonte, dit-elle, mes grands-parents m'attendent pour déjeuner.

Oscar eut envie de la retenir.

— Tu n'habites pas le village ? demanda-t-il.

— Vous êtes voisins. Maud est aux Traverses, le hameau perché au-dessus des Nonais. Tu dois voir sa maison de ta fenêtre.

Décidément Léa prenait les choses en main !

— Je suis déjà monté par là, se rappela le jeune homme, en effet ce n'est pas loin, je croyais qu'il n'y avait qu'une bergerie.

— C'était une bergerie, précisa Maud, ravie de parler de sa maison, mon grand-père a fait des travaux pour pouvoir y vivre toute l'année.

Le regard insistant de Léa la dérangeait. Elle hésitait à inviter Oscar à passer aux Traverses lorsque Romain sortit du café. Il s'arrêta devant leur table, face à Maud.

— On peut se voir cet après-midi ? demanda-t-il, mal à l'aise devant les autres.

— Pas possible ! répondirent les filles d'une seule voix, en étouffant leur envie de rire.

Leur moquerie l'atteignit comme une gifle, il resta planté là, indécis.

— Tu restes ici tout le mois d'août ? parvint-il à articuler.

— Je ne sais pas encore, répondit Maud froidement.

Romain esquissa un triste sourire et s'éloigna lentement vers la rue principale de sa démarche dégingandée.

— Il ne te lâchera pas ! ironisa Léa.

— Vous êtes dures les filles, intervint Oscar, qu'est-ce qu'il vous a fait ?

— Il voudrait sortir avec Maud, mais ce n'est pas son type, elle préfère les grands bruns à l'allure exotique !

Maud se sentit rougir jusqu'aux oreilles, elle se leva, embrassa son amie et ajouta simplement :

— Je passais juste te dire bonjour, je reviendrai.

Oscar salua rapidement.

— Moi aussi il faut que je rentre, j'ai toutes les courses dans mon sac et ma tante va rouspéter si j'arrive trop tard. Même avec de bons mollets, la côte est forte jusqu'aux Nonais !

Léa ramassa les verres et rentra dans le café. Maud enfourcha sa bicyclette. Au moment où elle passait devant Oscar ajustant son sac à dos, il lui fit un grand signe de la main et lança :

– À très vite… aux gentianes !

Maud reprit la route. Le retour était toujours plus difficile, maintenant le soleil tapait fort et la pente était raide, plus de vent rafraîchissant dû à la vitesse. En appuyant sur les pédales, elle pensait à Oscar. Il était décidément très beau et semblait particulièrement doux et gentil. Ce serait sympa d'avoir quelqu'un avec qui aller en promenade puisque Léa était, cette année, très occupée.

Chapitre 2

Maud retrouva ses grands-parents installés sur la terrasse face aux montagnes. Ils l'attendaient pour déjeuner, Mona avait préparé des gnocchis et sa fameuse tarte aux myrtilles.

– Alors, tu as vu Léa ? demanda-t-elle.

– Oui. Elle travaille toute la saison au café, on ne se verra pas beaucoup. Mais j'ai rencontré un touriste au village, Léa me l'a présenté, il a notre âge, il est aux Nonais avec ses parents…

– Aux Nonais ? Je ne savais pas qu'il y avait des locataires, ils doivent être bien discrets, enchaîna Mona.

– Un beau garçon, au moins ? ironisa Opa.

Maud rosit légèrement.

— L'important est qu'il soit gentil et bien élevé, conclut Mona.

Puis la conversation dévia sur les estivants qui venaient de plus en plus nombreux dans la région. Lorsque le repas toucha à sa fin, Opa se leva pesamment.

— Bon, je vous laisse débarrasser, les femmes, j'ai rendez-vous avec ma sieste.

— Tu devrais défaire ta valise, ma marmotte, je m'occuperai de la vaisselle et j'ai mes noix à trier. Tu feras une petite virée avec ton grand-père quand il en aura fini avec son « rendez-vous » !

Mona avait toujours quelque chose à faire ; parfois Maud lui donnait un coup de main, elle apprenait ainsi à préparer les conserves de légumes, à faire mijoter la confiture ou à ravauder les vieux torchons. C'étaient des travaux bien éloignés des préoccupations habituelles d'une jeune fille d'aujourd'hui, mais Maud appréciait ces moments de calme et d'apprentissage. « Ça me servira un jour », pensait-elle et puis c'était l'occasion d'être auprès de sa grand-mère, de partager le temps avec elle comme elle le partageait avec Opa au cours de leurs promenades dans la

26

montagne. C'était tellement différent de la vie avec sa mère !

Elle monta dans sa chambre, troqua son jean contre une robe légère et rangea consciencieusement ses vêtements dans la vieille armoire. Dehors, l'été lui faisait un clin d'œil, elle prit le livre qu'elle avait commencé dans le train et décida de retourner sur la terrasse.

Romain était rentré chez lui, dépité et malheureux. Le visage de Maud ne le quittait pas. Tout l'hiver il avait pensé à la jeune fille, rêvé à cet été où il souhaitait pouvoir partager enfin des moments avec elle, lui parler de son amour. Il s'en voulait d'être aussi timide. « Je suis lâche, pensa-t-il, j'aurais dû m'asseoir avec eux… » Les moqueries des élèves du collège lui revinrent aux oreilles : « Sans amis », c'était le surnom qu'ils lui avaient donné. « Ils ont raison, je suis nul ! » Il se laissa tomber sur son lit. Les yeux au plafond, il sentit quelques larmes couler qu'il essuya d'un geste brusque. « Nul, nul ! Je suis trop nul ! » Il se redressa, la tristesse avait fait place à la colère. Il se planta devant le miroir de l'armoire et fixa un moment son corps

long et maigre, détailla son visage aux traits angu-
leux, aux cheveux noirs, raides, coupés court. Sa
mère disait en riant qu'il avait quelque chose dans
la silhouette qui rappelait Thierry Lhermitte, le
comédien. Lui savait qu'il n'en avait ni le charme ni
l'humour, pas même les yeux bleus. Il repensa aux
rires étouffés de Maud et de Léa, au groupe joyeux
qu'elles formaient avec ce touriste étranger. Ils se
moquaient de lui qui n'avait pas eu le courage de se
défendre et était parti comme un voleur.

Tout à coup, les forces lui revinrent, il en avait
assez d'être mis à l'écart, de ne pas oser aborder celle
qu'il aimait depuis si longtemps. « Cette année,
Maud deviendra mon amie », affirma-t-il, péremp-
toire, à son reflet. Ce n'est pas ce grand Noir qui
m'en empêchera, ni même Léa qui ricane toujours
quand elle me voit. Je leur montrerai que j'existe, je
deviendrai leur ami ! Et Maud… » Sa phrase resta
en suspens, interrompue par le souvenir de sa froi-
deur. « Ah, elle n'a pas voulu me parler ce matin !
Eh bien, on sortira ensemble avant la fin de l'été !
Je le jure ! » Il quitta la pièce en claquant la porte.
Dans la salle, Armande l'attendait pour déjeuner.

Mona était installée à l'arrière de la maison et étalait savamment les premières noix fraîches sur une grande bâche étendue au soleil. Opa somnolait dans la tiédeur d'une chambre aux volets clos. La maison était silencieuse. Les stridulations des criquets emplissaient la prairie alentour. De temps à autre, Jacquotte bêlait doucement pour appeler son chevreau, un aigle glatissait. Les pieds sur la balustrade, Maud était plongée dans sa lecture. Le tintement d'une sonnette de vélo lui fit lever la tête. Un instant elle pensa à Romain avec déplaisir. Mais Oscar venait de poser sa bicyclette en contrebas de la terrasse. Il grimpa jusqu'à la jeune fille qui rougit en l'apercevant.

– Je ne te dérange pas ? demanda-t-il poliment.

Le trouble de Maud ne lui avait pas échappé. Était-elle heureuse ou contrariée de le voir ? Elle l'accueillit avec un sourire qui dissipa vite ses craintes.

– Tout le monde est occupé. Mon grand-père à la sieste et ma grand-mère trie les premières noix. C'est gentil d'être monté jusqu'ici.

– Chez moi aussi, tout le monde dort, c'est l'habitude en Martinique, l'après-midi commence encore plus tard que chez vous, expliqua le jeune homme en s'asseyant sur la rambarde.

La jeune fille acquiesça d'un hochement de tête et vint se poster près de lui.

– La vue est magnifique ! commenta Oscar admiratif.

– On peut voir jusqu'à la cime du Gélas, là-bas... regarde ! ordonna-t-elle en tendant un bras dans la direction.

Elle se tut un instant pour mieux apprécier la splendeur du site.

– C'est vrai que c'est beau, murmura-t-elle songeuse.

Ils restèrent un moment à détailler le paysage. Maud nommait les montagnes, les lieux-dits, les vallées.

– C'est la première fois que tu viens en France ? demanda-t-elle finalement.

Oscar éclata de rire. Quelle bêtise venait-elle de dire ?

– Mais je vis en France ! La Martinique, c'est la France !

Devant le regard gêné de la jeune fille, il marqua un temps puis reprit :

– Je connais bien la métropole, à dire vrai, j'habite Meudon, depuis cinq ans.

– Meudon ! Maud ne put s'empêcher de crier. Mais moi aussi je vis à Meudon, avec ma mère, on aurait pu se rencontrer !

– J'étais pensionnaire à Versailles. Mais à la rentrée prochaine, maman doit m'inscrire au collège. Si ça se trouve, on sera dans le même bahut et peut-être dans la même classe !

– Ce serait drôle ! Se rencontrer ici et se retrouver ensemble à Meudon ! rêva Maud tout haut.

– C'est peut-être un signe ? suggéra Oscar.

Gênée par son regard insistant, Maud dévia la conversation.

– Tu veux boire quelque chose ?

Et sans attendre sa réponse, elle s'éloigna vers la maison.

Elle l'observa un instant de la fenêtre de la cuisine. Il avait vraiment beaucoup de charme ! Il se déplaça lentement vers l'angle de la terrasse, admira le paysage, puis revint s'asseoir près de la table. Maud avait du mal à détacher ses yeux de ce grand gaillard svelte. Ses cheveux légèrement crépus étaient coupés très ras, son visage avait des traits réguliers, et lorsqu'il souriait, ses yeux noirs et profonds brillaient de malice et de gaieté. « Il me fait penser à une plage au soleil, à un lagon bleu », se dit Maud sans bien en comprendre la raison. Elle attrapa une bouteille de soda et deux verres, et le rejoignit sur la terrasse.

Mona avait fini avec ses noix, avait coupé quelques mauvaises herbes le long du fenil et était retournée dans la maison. Elle avait du linge à repasser. Après avoir installé sa planche et plié ses draps, elle s'approcha de l'évier pour remplir d'eau le réservoir du fer. Tout d'abord, elle ne vit que Maud, assise sous le parasol, un verre à la main. Elle parlait à quelqu'un. En se penchant un peu, Mona découvrit Oscar. Elle marqua un temps, posa son fer et sortit rapidement de la pièce.

Chapitre 3

Opa venait de se réveiller. Il émergeait lentement d'un sommeil profond, profitant encore un peu de la fraîcheur de la chambre. La porte s'ouvrit brusquement et Mona entra, le visage contrarié.

— Ta petite-fille est avec un garçon… sa phrase resta inachevée, le ton suspendu.

Opa se redressa sur un coude et la regarda étonné.

— Un garçon ? C'est normal à son âge ! Et il se laissa retomber sur l'oreiller.

— C'est certainement celui qu'elle a rencontré ce matin au Villars.

Opa ne voyait pas où elle voulait en venir.

— C'est très bien, c'est très bien, répéta-t-il machinalement.

Mona fit quelques pas nerveux dans la pièce et devant l'inertie de son mari, finit par aller ouvrir les volets. En bas, le garçon parlait en faisant de grands gestes, Maud riait. Elle referma la fenêtre violemment et resta plantée devant. Le soleil frappait maintenant le lit d'Opa. Il décida de se lever. Sa femme n'attendait que ça, debout, les poings sur les hanches, elle paraissait réellement fâchée.

— Je ne vois pas pourquoi Maud n'aurait pas un copain ? Qu'est-ce qu'il a de particulier ? Il est armé ? Il t'a menacée ? interrogea Opa avec humour.

Mona n'avait pas du tout envie de rire. Elle prit un ton grave et annonça solennellement :

— Il… il est Africain !

Face au miroir de la coiffeuse, Opa passait un peigne dans ses cheveux en bataille. Son geste était lent et précis. Il prit un temps avant de réagir.

— C'est tout ? demanda-t-il enfin en se retournant vers Mona.

Décidément, Opa ne comprenait rien.

— Mais enfin, Victor, on ne sait pas qui est ce garçon, ni d'où il vient.

— D'Afrique, tu viens de me dire ! S'il était

34

blanc, tu n'en saurais pas davantage, ma pauvre Mona.

Ramassant son gilet, Opa sortit de la pièce en haussant les épaules. À la porte, il ajouta :

— Laisse Maud tranquille, elle a bien le droit de prendre du bon temps, c'est de son âge.

Et il disparut dans l'escalier.

— Pour finir comme sa mère ! marmonna sa femme entre ses dents serrées.

Opa arriva sur la terrasse au moment où Oscar partait. Le vieil homme alla droit vers lui, la main tendue.

— Bonjour ! Vous êtes sans doute le locataire des Nonais, Maud nous a expliqué. On est bien là-bas, n'est-ce pas ?

— Il faudrait être difficile. Vous habitez un pays magnifique !

Maud passa tendrement son bras sous celui de son grand-père.

— Je te présente Oscar. Tu te rends compte, il habite Meudon et peut-être qu'il sera dans le même collège que moi l'an prochain !

Les deux hommes se serrèrent la main.

– Comme ça vous aurez déjà fait connaissance.

Opa déposa un baiser sur la joue de sa petite-fille et lui dit.

– Je prendrais bien un café, s'il te plaît.

Tandis que Maud partait vers la cuisine, Opa s'assit et montra une chaise libre à Oscar.

– Asseyez-vous ! Je vois que Maud vous a déjà offert à boire, voulez-vous autre chose ?

– Merci, monsieur ! Je dois m'en aller, Zelda et les enfants m'attendent pour une promenade.

– Vous avez bien cinq minutes !

Devant l'insistance d'Opa, Oscar prit une chaise.

– Vous êtes venu en vacances avec vos parents ?

Opa trouva sa question très indiscrète, mais il était trop tard. Oscar ne parut pas s'en formaliser. Très à l'aise, il répondit en souriant :

– Mes parents travaillent, enfin, mon père. Maman est à Fort-de-France, auprès d'une amie gravement malade. Je suis venu avec ma tante Zelda qui habite Paris, ses deux petits-enfants et ma grand-mère.

Opa eut envie de rire en pensant à la réflexion de sa femme.

– Alors vous êtes Martiniquais !

— Par maman, mais mon père est métro. Il travaille à EDF, il a été muté à Paris il y a cinq ans.

Maud revint avec un bol de café et une assiette contenant une part de tarte aux myrtilles.

— Il en restait un peu, j'ai pensé que tu aimerais y goûter, annonça-t-elle à Oscar, ma grand-mère fait la meilleure tarte de toute la région.

— Et c'est moi qui les ai cueillies ! ajouta Opa en riant.

— Où est Mona ? demanda Maud, je ne l'ai pas vue dans la maison, elle a tout préparé pour repasser son linge et elle est partie. Ce n'est pas son genre de laisser les choses en plan !

— Elle ne doit pas être bien loin, ne t'en fais pas, la rassura Opa.

Il leva sa tasse en direction d'Oscar.

— À notre rencontre, jeune homme !

La sympathie naissante entre son grand-père et Oscar, encouragea Maud.

— Si on allait se baigner dans les cascades demain, suggéra-t-elle.

— Bonne idée, je passe te prendre en début d'après-midi ?

— Pas trop tôt tout de même, précisa Opa en

souriant, rappelez-vous qu'il est midi au soleil quand il est quatorze heures à nos montres !

Postée à la fenêtre du premier, Mona assistait à la scène sans oser bouger. En voyant son mari trinquer avec Oscar, elle s'était sentie un peu honteuse.

— De quoi j'ai l'air derrière mon carreau ! se dit-elle à voix basse.

Elle quitta son point d'observation et se mit en devoir de refaire le lit. En tapant les oreillers, elle se parlait toute seule.

— N'empêche, je ne voudrais pas que la petite file un mauvais coton, après tout, elle a de qui tenir ! Bon Dieu, des gars bien, il y en a plein au village. Pourquoi nous a-t-elle ramené celui-là ?

La courtepointe rabattue et défroissée vigoureusement, Mona jeta un dernier coup d'œil vers la fenêtre. Oscar et Opa, debout près de l'escalier de la terrasse, se disaient au revoir. Maud tendit la joue au jeune homme.

— Tout de même... un étranger ! ne put s'empêcher de murmurer Mona.

Puis elle quitta la pièce et descendit dans la cuisine.

Chapitre 4

— On fait un tour en forêt ? demanda joyeusement Opa quand Oscar fut parti.

Maud sauta sur l'occasion, elle ne refusait jamais
de courir les sentiers avec son grand-père. Lui seul
savait approcher sans bruit les marmottes vautrées
au soleil, reconnaître les trous des campagnols et
les faire sortir avec un brin d'herbe, et surtout il
savait identifier le chant des oiseaux comme un
véritable ornithologue. « Ce cri éraillé, tu
entends ? C'est un geai des chênes, et voilà la ber-
geronnette, on arrive près du ruisseau, écoute : tizpiip, tizpiip », imitait Opa. Et lorsqu'ils s'attar-
daient trop, c'est le « phiou » de la chouette qui
leur rappelait qu'il était temps de rentrer.

Mona avait repris son travail et suait devant sa planche à repasser face à la télévision. Maud ne remarqua pas son œil sévère.

— Tu ferais mieux de faire ça le soir, à la fraîche ! lui conseilla-t-elle en déposant un baiser sur la joue de sa grand-mère. Tu ne sais vraiment pas t'arrêter ! Repose-toi ! Prends un transat…

— Ce serait bien la première fois de ma vie ! Et qui fera tourner la maison ?

Vaincue, Maud rejoignit son grand-père. Ils traversèrent la route et s'engagèrent dans le sous-bois.

Ils marchaient en silence depuis un moment. Opa semblait préoccupé.

— Il est bien sympathique ce jeune Oscar ! finit-il par dire l'air de rien. Inutile de te demander si tu es d'accord avec moi, ajouta-t-il dans un sourire.

Embarrassée, Maud répondit simplement :

— Évidemment !

Opa aurait voulu lui parler de la réaction de Mona, mais quels mots employer pour ne pas inquiéter sa petite-fille ?

— Si vous allez aux cascades demain, ce serait

peut-être mieux de vous donner rendez-vous à mi-chemin, entre les Nonais et les Traverses.

Maud s'étonna :

— Mais tu le trouvais sympa ? Tu ne veux plus qu'il vienne chez nous ?

— Si, si, bien sûr ! Je disais ça pour vous éviter une trop longue marche !

L'embarras de son grand-père était évident, Maud n'en comprit pas la raison et ne posa pas de question.

Lorsqu'ils rentrèrent à la tombée de la nuit, Mona regardait les informations. Un jeune émigré de la banlieue lyonnaise venait d'être arrêté. Il avait été pris en flagrant délit de trafic de drogue dans les caves de sa cité. Mona éteignit le poste.

— Ça ne nous amène vraiment rien de bon tous ces étrangers, trouva-t-elle le moyen de dire en fixant sa petite-fille, c'est tout drogués et délinquants…

Opa n'aimait pas l'entendre parler ainsi.

— Autrefois c'étaient les blousons noirs, constata-t-il en souriant pour détendre l'atmosphère, les délinquants ont toujours existé, sans distinction de nationalité. Allez ! Qu'est-ce que tu nous as fait de bon à manger ? J'ai une faim à dévorer un bouquetin !

– C'est prêt, mettez-vous à table, ordonna Mona, vexée d'avoir été interrompue dans sa harangue.

Opa jeta un coup d'œil rassurant à sa petite-fille tandis que Mona déposait sur la table une tourte fumante.

– Hum ! Ça sent bon ! complimenta-t-il.

Si Opa avait des talents d'ornithologue, la spécialité de Mona était la cuisine. Maud se régalait. Tant pis si elle rentrait de vacances avec des kilos superflus, le régime lance-pierre d'Elsa suffirait à les faire disparaître. Elle se mit à table avec empressement.

Le dîner se déroula en silence. Maud pensait déjà au lendemain, à son excursion aux cascades avec Oscar. Les muscles de ses jambes, déshabituées des longues marches et des côtes à vélo, lui faisaient mal. Elle avait hâte de prendre une bonne douche et d'aller au lit. Les sorties nocturnes avec Léa seraient pour plus tard. Quant à

Opa et à Mona, ils se regardaient en biais.

— Tu tombes de sommeil, ma marmotte, dit gentiment Mona en voyant Maud bâiller devant son assiette vide. Va donc te coucher. Demain j'aurai besoin de toi pour aller porter des fromages chez Armande. Elle m'a préparé des lapins et un gros poulet pour dimanche. Elle m'a dit que Romain serait là, il voudrait bien te voir…

« Surtout pas Romain ! » pensa Maud.

— Mais je dois aller aux cascades avec Oscar ! s'insurgea-t-elle, je verrai Armande une autre fois.

Le visage de Mona se crispa.

— Ah, il s'appelle Oscar !

Elle marqua un temps chargé de mépris puis ajouta d'un ton sec :

— C'est demain qu'Armande t'invite. Et elle se leva pour débarrasser la table.

Maud questionna son grand-père du regard. Opa lui sourit et posa une main rassurante sur son bras.

— Laisse ! Elle est fatiguée.

— Tu ne nous avais pas dit que tu avais rencontré son neveu au Villars ! lança Mona comme un reproche. Je trouverais plus normal que tu ailles te baigner avec lui. Au moins on le connaît !

– C'est pas une raison ! Et puis, le pauvre Romain, il est triste comme c'est pas possible !

– Et… (Mona hésitait à nommer Oscar) Et ce jeune homme ? Il te fait rire, peut-être ? Tu n'es pas très difficile dans tes amitiés !

Le ton était tranchant. Maud sentit les larmes monter :

– Qu'est-ce que tu as contre lui ? Tu ne le connais même pas !

La jeune fille jeta sa serviette sur la table et courut vers sa chambre.

Sous le jet tiède de la douche elle retrouva confiance. Mona n'aimait pas bousculer ses habitudes, se heurter à des événements imprévus, découvrir des gens nouveaux. Oscar était un inconnu contrairement à Romain qu'elle avait vu grandir. Et puis sans doute, Mona se sentait-elle responsable de Maud. Mais comment pouvait-elle comparer Oscar avec un dealer de banlieue ? Maud avait bien compris l'allusion. Elle remerciait Opa de son intervention. Entre Elsa qui ne s'intéressait pas à elle et Mona qui en faisait trop, il y avait heureusement la sagesse et la complicité de son grand-père, ça rétablissait l'équilibre ! Mona changerait d'avis, il l'y aiderait, car jamais Maud ne renoncerait à son envie d'être avec Oscar. Il faudrait bien que sa grand-mère l'accepte.

Ragaillardie, elle s'attarda sur le balcon de sa chambre. La température avait baissé, l'air était presque froid, elle s'emmitoufla dans un vieux pull-over et resta un moment à regarder le ciel. La voûte était bleu foncé, parsemée d'étoiles brillantes. Un rayon de lune éclairait comme un spot la cime du Gélas. Le silence résonnait de bruits légers. En tendant l'oreille, on entendait le ululement d'une chouette, la course feutrée d'une famille de lapins, un grillon attardé. Maud aurait aimé partager cette émotion avec quelqu'un. Elle pensa à ses parents, mais ni l'un ni l'autre n'étaient assez disponibles. « Un jour, rêvait-elle, j'aurai un compagnon ou un mari avec qui je pourrai partager les moments importants de ma vie. »

— Si Oscar était là, je serais moins seule, murmura-t-elle.

Elle n'avait jamais été vraiment amoureuse,

comme Léa l'était de Frank. Bien sûr, elle était sortie avec un ou deux garçons du collège, mais elle n'avait pas ressenti ce trouble dont son amie parlait si bien. Et là, face à ce paysage plongé dans une nuit magique, elle regrettait de ne pas vivre cet instant avec un garçon aimé. « Je suis trop romantique », se dit-elle avec ironie. Tout naturellement ses pensées revinrent à Oscar. Était-elle amoureuse ? Déjà ? Elle ne le connaissait que depuis le matin, mais tout ce qu'elle savait, avec certitude, c'est qu'elle ne s'était jamais sentie aussi bien auprès d'un garçon. Est-ce que l'amour ressemblait à son envie de passer du temps avec lui, de le connaître, de partager des rires et des découvertes ? Ce qui était sûr, c'est qu'elle voulait le revoir, très vite. Confiante, elle referma la fenêtre et se mit au lit.

Mona claqua la porte de leur chambre à coucher et alla tirer les persiennes.

— Qu'est-ce que je vais dire à Armande ? Que Maud refuse de la voir ?

Elle enclencha la crémone d'un geste brusque.

— Ne sois pas bête, elle ira une autre fois, ce n'est

pas si urgent, répondit la voix calme de son mari.

Le vieil homme posa son pantalon sur le dossier d'une chaise.

— La vérité est que tu ne veux pas que Maud aille aux cascades avec Oscar.

Mona faillit répondre « Non, pas du tout », elle se retint. Opa avait raison. C'était plus fort qu'elle, elle s'en voulait bien un peu, mais qu'y pouvait-elle ? Tout ce qu'on entendait sur les jeunes d'aujourd'hui et surtout sur les émigrés avait de quoi inquiéter. « Même s'il est de bonne famille, il est d'une culture trop différente, quels points communs a-t-il avec nous ? se demandait Mona. Après tout je suis responsable vis-à-vis de Luc, conclut-elle en se glissant sous la couette, je ne veux pas que ma petite Maud soit malheureuse. » Opa ronflait déjà, loin de ces préoccupations. Mona s'endormit en priant pour que Maud ne soit pas amoureuse.

Chapitre 5

Quand Maud ouvrit un œil, le soleil tapait déjà au carreau. Dans quelques heures, elle avait rendez-vous avec Oscar, ils iraient se baigner dans l'eau froide des torrents. Elle trouva Mona à son poste habituel, équeutant des haricots verts. La bise de Mona lui parut dénuée de toute tendresse. Elle se servit elle-même son bol de chocolat. D'une voix où perçait une pointe d'humeur, sa grand-mère lui annonça :

— Ton ami est déjà là, il ne perd pas de temps ! Je croyais que vous ne deviez vous voir que cet après-midi !

— Où est-il ? s'écria Maud.

— Avec ton grand-père, évidemment !

La jeune fille remarqua le ton acerbe.

— Qu'est-ce qui ne va pas, Mona ? C'est parce que je ne t'accompagne pas chez Armande ? Tu sais bien que je la verrai avec plaisir, mais une autre fois…

Mona la bouscula un peu en se levant. Elle fit couler l'eau sur les légumes et les rinça énergiquement sans un mot.

Maud vint appuyer sa tête sur son épaule.

— Je ne veux pas que tu sois fâchée contre moi ! murmura-t-elle.

Mona se sentit fléchir.

— Ce n'est pas vraiment contre toi.

— Alors ? Qu'est-ce qui se passe ? insista la jeune fille.

Mona se retourna et lui fit face.

— Je préférerais que tu passes tes après-midi avec Léa, ou avec Romain! Voilà ce qui se passe !

Maud s'écarta.

— On ne va pas recommencer ! Je n'aime pas Romain, il m'ennuie, je te l'ai dit, et tu sais bien que Léa travaille tous les jours sauf le dimanche. Je ne vais quand même pas passer toutes mes journées à l'attendre et puis…

— … et puis tu vas aller avec n'importe qui ! Ça t'ennuie de rester seule avec nous ? Tu as bien changé !

Mona attrapa brutalement la passoire et fit tomber les haricots sur un torchon propre.

— Non, tu sais bien, reprit Maud. Et Oscar n'est pas n'importe qui, comme tu dis.

— Tu ne le connais pas assez pour savoir qui il est ! Tu devrais être plus prudente, avec tout ce qui se passe… C'est un étranger, il n'est pas de chez nous ! trancha Mona.

— C'est vrai, il n'est pas d'ici comme Romain ou Léa, mais il vit à Meudon…

Mona la coupa.

— Ce n'est pas ce que je veux dire !

Maud reprit doucement.

— Les Martiniquais sont aussi Français que les Bretons ou les Alsaciens !

— Ce n'est pas une raison ! conclut Mona avec mauvaise foi en jetant les légumes dans la casserole. Puis elle ajouta, d'un ton blasé :

— Ton grand-père trouve tout ça très bien, alors…

Maud était impatiente de rejoindre Oscar. Mona était têtue comme une bourrique, elle n'arriverait pas à la convaincre. Elle se leva et déposa un baiser furtif sur sa joue.

— Toi aussi tu finiras par le trouver très bien, je te connais !

Mona eut un mouvement d'épaules, peut-être pour signifier « Je n'ai pas le choix ! »

Penché sur l'établi, Opa expliquait à Oscar le mécanisme complexe d'une horloge. Oscar semblait fasciné.

— Aujourd'hui, c'est une simple petite pile qui fait avancer les aiguilles. C'est moins joli qu'un système de rouages ! commentait-il.

Opa se releva.

— Mais le temps n'est pas le même non plus. Tout va plus vite au XXIe siècle : on se déplace plus rapidement, on communique directement d'un bout à l'autre de la planète… On a dompté le temps…

Maud était restée à l'entrée de la grange. Oscar regarda un instant sa silhouette se découper dans un halo de lumière, il trouva l'image très poétique et sourit à la jeune fille.

– Je t'attendais. Zelda t'invite à déjeuner. Ton grand-père est d'accord.

Maud faillit sauter de joie.

– Et Mona ? demanda-t-elle avec une légère appréhension.

– Mona aussi, trancha Opa en sortant dans le soleil.

– Prends ton maillot de bain, on ira directement aux cascades ! conseilla Oscar.

– Je vais le chercher !

Oscar retrouva Opa près d'un tas de bois. Le vieil homme posait une énorme bûche sur un billot. Le jeune homme s'approcha et lui prit la hache des mains.

– C'est un travail pour moi. Laissez ça, ordonna-t-il gentiment.

– J'ai l'habitude, murmura Opa.

– Le temps n'est pas le même pour vous et pour moi, vous venez de me le dire, plaisanta Oscar. J'ai moins d'années que vous, et mes rouages sont encore tout neufs !

Opa sourit et se laissa faire. Oscar se débrouillait très bien, en un rien de temps, ses bras puissants avaient débité en bûchettes les morceaux les plus gros.

Quand Mona apparut, une bassine de linge lavé et essoré sous le bras, elle marqua un temps en voyant son mari qui fumait tranquillement une cigarette, assis sur une pierre, tandis qu'Oscar fendait les derniers rondins d'un geste précis.

— Maud déjeunera aux Nonais ! lança Opa à sa femme sur un ton qui n'admettait aucun commentaire.

Mona fit mine de ne pas entendre et continua son chemin vers le fil qui pendait entre deux poteaux.

— Je suis prête ! cria Maud en sortant de la maison.

Oscar posa la hache et salua Opa, lui promettant de venir terminer le stère avant la fin de la semaine. Puis il alla vers Mona et prit congé poliment.

— Au revoir, madame.

— Vous pouvez vous laver les mains au robinet, lui dit-elle froidement, en désignant du menton le coin de la maison où était installée une vieille pompe.

Oscar la remercia d'un sourire.

– Il faut que Maud soit rentrée à sept heures ! ajouta Mona d'un ton impératif.

Oscar remarqua le visage peu affable de la vieille dame et s'en amusa. C'était la première fois qu'il la croisait, elle n'était peut-être pas toujours comme ça ! Ostensiblement, Opa prit le jeune homme par le bras et l'accompagna jusqu'au chemin où Maud les attendait déjà. Mona ne se retourna pas pour les saluer.

Chapitre 6

En cette fin de matinée, Romain était bien décidé à entreprendre une vraie conversation avec Maud. Il avait imaginé tous les sujets possibles pour l'aborder et retenir son attention. Cependant, il n'osa pas monter aux Traverses, peut-être Maud était-elle avec Léa ? Il entra dans le bistrot d'un pas déterminé. Léa était seule, elle nettoyait les tables en attendant les clients.

– Bonjour ! claironna Romain d'un ton qu'il crut assuré.

Léa leva la tête.

– Ah, c'est toi ! murmura-t-elle.

Romain se planta devant elle.

– Maud n'est pas là ? demanda-t-il assez

55

maladroitement.

Léa ramassa son chiffon et retourna derrière le bar.

– Tu vois bien ! répondit-elle sèchement.

Elle n'avait aucune envie de parler avec lui et surtout pas de Maud ! Elle lui tourna le dos et entreprit d'épousseter minutieusement les étagères, en déplaçant chaque bouteille.

– Tu me sers une limonade ?

« Il ne va tout de même pas rester là », pensa-t-elle en posant la bouteille sur le comptoir.

– Tu l'as vue ce matin ? interrogea-t-il.

Léa se retourna brusquement et regarda le jeune homme droit dans les yeux.

– Écoute Romain, je n'ai pas vu Maud et même si je l'avais vue, je ne te le dirais pas.

Elle eut soudain pitié de son regard de chien battu et s'en voulut d'avoir été brusque.

– Pardonne-moi mais… mais il faut que tu arrêtes de penser à elle. Jamais elle ne sortira avec toi… C'est pas la peine que tu l'attendes comme ça… Et puis tu gâches tes vacances ! termina-t-elle avec un sourire qu'elle voulait réconfortant.

Vexé, Romain fixa les yeux noirs de la jeune fille.

— J'ai pas besoin de tes conseils. Je fais ce que je veux !

Il s'éloigna vers la porte et se retourna sur le seuil pour lancer :

— Tu seras bien étonnée quand tu me verras avec Maud !

En quittant les Traverses, Oscar et Maud coupèrent par les prairies. Chacun de leurs pas soulevait un nuage de sauterelles, les criquets et les passereaux s'en donnaient à cœur joie. Maud se pencha plusieurs fois pour cueillir de longues campanules bleues et des chicorées sauvages dont elle fit un bouquet.

— Et les gentianes ? demanda Oscar.

— C'est plus haut, à l'orée du bois de mélèzes, ce sera une autre promenade, l'invita-t-elle d'un sourire.

— Si tu aimes les fleurs, tu te plairais en Martinique, il y en a partout, elles ont parfois des formes étranges et ne ressemblent pas du tout à celles qu'on trouve ici. Tu serais ravie par leurs couleurs ! Rouge vif, mauve, orangé. Devant chez ma grand-mère, il y a un flamboyant…

– Un « flamboyant » ? l'interrompit Maud.

– Un arbre, couvert de fleurs écarlates, un vrai arbre de Noël !

Maud avait du mal à imaginer tant de couleurs rassemblées. La seule image de la Martinique qu'elle avait était cette carte postale que son père lui avait envoyée un jour.

– C'est vrai qu'il y a des grandes plages avec des palmiers ? interrogea-t-elle.

– Au sud de l'île, sur la Caraïbe. Ce sont des cocotiers, le sable est blanc et fin, la mer est turquoise, exactement comme sur les affiches publicitaires, ajouta Oscar.

Ils échangèrent un rire complice et Maud comprit pourquoi Oscar lui faisait penser à un lagon : elle l'imaginait courant sur le sable clair, son torse nu brillant au soleil.

Quand ils arrivèrent au hameau, deux enfants joyeux se précipitèrent vers eux. Tim s'élança dans les bras de son cousin qui le fit virevolter dans les airs. Saya, plus discrète, prit délicatement la main de Maud et l'entraîna vers la maison.

58

– On t'attendait avec impatience, annonça timidement la petite fille.

Elles se dirigèrent vers une grande table disposée au milieu du jardin. Zelda, la tante d'Oscar, posa le plat qu'elle tenait et vint vers la jeune fille.

– Bonjour ! dit Maud. Elle lui tendit le bouquet qu'elle venait de cueillir.

– Il est magnifique ! Sois la bienvenue, Maud.

Zelda n'était pas mince mais sa robe colorée drapait harmonieusement ses formes. Ses cheveux volumineux, noirs et longs étaient retenus par un énorme peigne en corne. Maud trouva qu'elle avait beaucoup de grâce.

– Viens, je vais te présenter à ma grand-mère, dit Oscar en entraînant Maud vers un fauteuil en rotin, où une dame très âgée, aux traits secs et ridés, les regardait d'un air tendre.

– Gramma, voici Maud !

La vieille dame inclina la tête d'un mouvement lent et discret.

– À table ! lança Zelda d'un ton joyeux.

Maud et Oscar aidèrent Gramma à se lever.

— Bienvenue chez nous, dit-elle à Maud d'une voix lointaine.

Tim et Saya se chamaillaient pour savoir lequel s'assiérait près de la jeune fille. Finalement, Maud se mit entre eux et Oscar s'assit en face d'elle.

Zelda avait fait des brochettes que Maud trouva particulièrement délicieuses. Le repas était joyeux, Zelda voulait tout connaître de la région et interrogeait Maud qui prenait plaisir à décrire, à raconter. Lorsque Tim annonça que plus tard, il serait « déplorateur de montagnes », toute la tablée éclata de rire.

Maud s'amusa à lui faire répéter, « EXplorateur » et les fous rires redoublèrent. Elle se sentait si bien ! Jamais elle n'avait connu une telle atmosphère familiale. Son regard fit rapidement le tour de la table, elle était la seule blanche parmi ces visages noirs si différents et pourtant si proches d'elle. Elle était séduite par la gentillesse de Zelda, par la gaieté et la beauté des enfants. Elle plaisanta avec Tim, écouta Saya lui parler de ses copines d'école, de ses jeux dans la prairie. De temps en temps, elle surprenait le regard d'Oscar posé sur elle. « Je suis heureux que tu sois là », semblait-il dire.

Lorsque le soleil fut très haut, Zelda se leva et revint avec des chapeaux de paille qu'elle déposa sur la tête des petits. Maud avait oublié son bob, Zelda lui confectionna une coiffe avec un foulard de madras jaune et vert.

— Ces couleurs te vont très bien ! constata-t-elle, je te le donne.

— Merci beaucoup, remercia Maud un peu embarrassée, mais j'ai un bob à la maison....

— Ça me fait plaisir, insista Zelda en riant.

— Je vais me mettre un peu au frais, murmura Gramma en faisant un effort pour se lever de table. Oscar vint l'aider et Maud, instinctivement, vint prendre le bras de la vieille dame. Ils l'accompagnèrent doucement jusqu'à l'intérieur de la maison.

— Tu es une bonne fille, murmura Gramma.

Dans la pénombre de la salle, Oscar retint Maud par la main. Ses yeux noirs plongèrent un instant dans le regard noisette de la jeune fille.

— Merci d'être venue, dit-il simplement.

— J'aime beaucoup ta famille, répondit Maud plus troublée qu'elle ne l'aurait voulu.

Aux Traverses, l'ambiance était tendue. Pas de déjeuner sous le parasol, pas de petit plat mijoté. Assis face à face dans la cuisine, Opa et Mona mangeaient en silence. Opa savait très bien ce qui contrariait sa femme mais il faisait confiance à l'amour qu'elle portait à sa petite-fille et à la personnalité d'Oscar. Il lui était bien sympathique, ce jeune homme, et il savait que Maud avait peu d'amis. « Elle n'a que la tendresse que nous lui donnons, c'est beaucoup, mais ce n'est pas assez, pensa-t-il. Elle a besoin d'être avec des jeunes de son âge, d'avoir un amoureux. »

— Il y a tant de jeunes qui tournent mal, qui s'éloignent de leurs parents, dit-il tout haut.

Mona leva la tête.

— Pourquoi tu dis ça ? demanda-t-elle étonnée.

— Je pensais à Maud. On a de la chance, elle n'a pas une vie facile, tu sais, elle aussi aurait pu mal tourner !

Mona haussa les épaules.

— Ne dis pas de sottises !

— Un père absent la plupart du temps, une mère instable, ça fait très vite dévier une vie. Elle a besoin de solidité, d'écoute…

— Elle a surtout besoin de choisir ses fréquentations et c'est notre rôle de l'y aider.

— Mais enfin ! Je ne vois pas quel danger elle court !

Mona l'interrompit brusquement.

— Avec tout ce qu'on voit dans les journaux ? Nos jeunes ne sont pas à l'abri des dangers ! C'est à nous de les protéger !

Opa contre-attaqua.

— Si tu fais allusion à Oscar, je peux t'affirmer que c'est un garçon équilibré, correct et certainement de bonne famille ! Je suis ravi que Maud l'ait rencontré.

— Qu'elle le fréquente un peu… passe encore, mais si elle tombe amoureuse ? À son âge, un premier amour c'est important, tu imagines les difficultés ?

Elle s'interrompit et ajouta la voix tremblante.

— Tu penses à Luc ? Tu ne crois pas qu'il en a assez vu avec Elsa ? Il n'a pas besoin que sa fille aussi lui donne des soucis !

Cette fois, Opa éleva le ton.

— Ne mélange pas tout et laisse Luc tranquille ! Si tu ne l'avais pas couvé comme tu l'as fait, il ne se serait pas entiché de la première venue. Elsa n'est pas une mauvaise fille, mais ce n'était pas celle qu'il fallait à ton fils, voilà.

Opa n'avait pas complètement tort, Mona se reprochait assez ce mariage. Sentant venir les larmes, elle se leva brusquement, empila les assiettes et se dirigea vers l'évier.

Opa souhaitait le meilleur pour Maud et son instinct lui disait, qu'aujourd'hui, Oscar faisait parti du meilleur, sans que ce soit pour autant définitif. Elle n'avait que quinze ans et son avenir d'épouse ou de mère était encore bien loin ! Pour le moment elle avait droit à des vacances heureuses. Il ne voulait pas que les craintes de Mona et ses principes gâchent tout. Il s'approcha de sa femme, bien décidé à aller au bout du conflit.

– La vérité est que si Oscar était blanc, tu ne ferais pas tant d'histoires !

Mona se retourna furibonde.

– Dis tout de suite que je suis raciste !

– Peut-être pas foncièrement, dit-il d'un ton calme, c'est plus insidieux. Tu te méfies tout de même un peu plus parce qu'il est noir.

Mona lui faisait face, les larmes aux yeux.

— Je ne veux de mal à personne, moi, je désire seulement que la petite soit heureuse…

Opa allait quitter la pièce, il se retourna.

— Sans doute, mais ça te choque qu'elle fréquente un jeune homme de couleur !

Ce n'est qu'en milieu d'après-midi que les jeunes gens arrivèrent aux cascades. Tim et Saya avaient voulu que Maud leur raconte une histoire avant de faire la sieste, puis ils étaient restés un moment à discuter avec Zelda à l'ombre d'un chêne.

– Ce madras te va décidément très bien, ses couleurs s'accordent à la perfection avec tes yeux ! N'est-ce pas Oscar ? demanda Zelda d'un ton malicieux.

Le jeune homme acquiesça timidement.

Zelda se mit à rire.

– Je n'ai fait qu'un nœud, car une pointe sur la coiffe signifie un cœur à prendre, aurais-je dû faire deux pointes ? ajouta-t-elle avec un rire taquin.

— Oh, arrête ! marmonna Oscar.

— Deux pointes, demanda Maud, qu'est-ce que ça veut dire ?

Devant l'air boudeur de son neveu, Zelda retrouva son sérieux.

— C'est une tradition qui date de l'esclavage : les femmes affranchies n'avaient pas le droit de porter des chapeaux, alors elles nouaient des morceaux de madras autour de leur tête, comme je l'ai fait pour toi. Deux pointes signifiaient qu'elles avaient déjà un amoureux, et trois qu'elles étaient mariées.

— Les femmes portent toujours ces coiffes ? interrogea Maud intriguée.

— Seulement pour les cérémonies, le folklore… Mais quand j'étais petite, dans la plantation de canne à sucre de mon grand-père, je me souviens d'en avoir vu, c'était très beau, très coloré…

Zelda parla de son ancêtre, descendant d'un esclave africain, et qui avait créé la plantation avec un Marseillais.

— Un *z'o'eille*, précisa Zelda en accentuant l'accent créole.

Maud la regarda étonnée.

– Les durs d'oreille ! s'amusa Oscar. Les blancs qui ne comprenaient pas bien le créole faisaient toujours répéter ce qu'on leur disait, c'est pour ça qu'on les appelle ainsi !

L'explication amusa la jeune fille.

– Encore maintenant ? demanda-t-elle.

– Bien sûr ! Toi t'es une z'oreille !

– *Pa ni p'oblème, t'es une z'o'eille*, appuya Zelda en riant.

Elle se leva avec grâce et s'adressa à son neveu.

– J'ai du travail *bo kaille !*

Elle précisa pour Maud :

– Il faut que je range, dans la maison !

Puis ajouta à l'attention d'Oscar :

– Emmène ton amie, *ti-bolomm !*

– Petit bonhomme ? releva Maud hilare en regardant Oscar.

– Oui, oui ! C'est du créole, un mélange de français et d'autres langues, notamment celle des Indiens caraïbes…

– Alors vous êtes descendant des Indiens ? s'étonna Maud.

– Des Indiens et des esclaves africains, répondit

Zelda. Allez, il faut que j'aille faire la vaisselle avant que les enfants se réveillent. Et vous, allez donc vous baigner !

Elle embrassa Maud chaleureusement.

— Tu reviens quand tu veux, je te raconterai encore ce département français que tu sembles si peu connaître ! Mais qu'est-ce qu'on vous apprend à l'école ? s'exclama-t-elle dans un rire bon enfant en s'éloignant vers la maison.

Romain était partagé entre la colère et l'humiliation. Léa l'intimidait et ce matin elle avait été particulièrement désagréable. Il se détestait d'être à la merci des autres, incapable de se défendre. « Qu'est-ce que j'ai de moins que les jeunes de mon âge ? se demandait-il en rentrant chez sa tante. Pourquoi ne m'acceptent-ils pas ? » Il fit un détour dans le village pour ruminer sa rage. Il arriva chez lui en même temps que Mona et fut déçu de la voir seule.

— Maud n'est pas avec vous ? s'inquiéta-t-il en prenant le panier des mains de la vieille dame.

— Elle est allée se baigner aux cascades, répondit Mona avec une pointe d'amertume, mais tu passes à la maison quand tu veux. Elle sera ravie de te voir, mentit-elle avec l'espoir que Maud fasse enfin bonne figure au jeune homme.

Il resta un moment à écouter distraitement le bavardage des deux femmes, une idée germait lentement dans sa tête.

Il y avait de nombreux touristes aux cascades et Maud entraîna Oscar vers le torrent en contrebas. Ils y passèrent un long moment, seuls, à s'amuser dans le flot clair et froid, puis à s'étendre sur les pierres chaudes. Maud tenta plusieurs fois d'attraper une truite comme elle avait vu faire son grand-père, mais chaque fois le poisson agile lui filait entre les doigts. Le fou rire qui s'ensuivait se mêlait au chant de l'eau.

Ils se sentaient oubliés quelque part au bout du monde, pourtant entre les arbres, le regard de Romain ne les quittait pas. En partant du Villars, il était passé devant le bistro et avait vu Léa servir des clients en terrasse. Il s'était persuadé que Maud serait seule aux cascades, que c'était enfin l'occasion de lui parler tranquillement et de lui montrer qu'il n'était pas aussi niais qu'elle semblait le penser. Mais en arrivant au bord du cours d'eau, il la surprit à rire avec le garçon noir qu'il avait croisé au Villars. Son cœur chavira. Il ne pouvait détacher les yeux de ce couple insouciant et heureux. Jamais Maud ne le regarderait, jamais il ne serait son copain comme l'était ce grand gaillard sûr de lui.

Le foulard de madras offert par Zelda glissa entre deux rochers. Oscar se démena pour le récupérer et le replaça sur les cheveux de Maud. Leurs regards se confondirent un instant. Oscar se pencha imperceptiblement vers le visage de la jeune fille. Elle sentait son souffle sur ses lèvres. Le temps s'arrêta. Intimidé Oscar chuchota finalement :

— Tu es très jolie !

Il ajusta le tissu, lui sourit tendrement puis la prit dans ses bras. Maud s'abandonna à son baiser.

Une douleur étouffante serra la poitrine de Romain, le sang battait à ses tempes ; dans un accès de rage, il se rua vers le couple enlacé. Il fit violemment pivoter Oscar, l'arrachant à Maud et tenta de le frapper. Mais malgré la surprise, Oscar fut plus prompt que lui, et lui décocha un coup de poing à la mâchoire. Romain recula en chancelant. La rage lui donnait des forces, il se précipita à nouveau sur Oscar tandis que Maud hurlait :

— Arrête ! Romain, arrête ! Je t'en prie !

Oscar freina le geste de Romain, le tenant à distance.

— Tu en veux un autre ? menaça-t-il.

Romain tremblait de tous ses membres, son adversaire paraissait déterminé, il le fixait méchamment. Devant cette face noire et décidée, Romain prit peur.

— Je me vengerai, sale négro ! gueula-t-il avant de faire demi-tour et de disparaître dans les buissons.

Maud était assise par terre, secouée par les sanglots. Oscar l'aida à se relever et la cajola longtemps.

— Il est parti... ne pleure pas... je t'en prie... ne pleure pas !

Elle hoquetait sur son épaule, incapable de se calmer.

— Il t'a traité de sale négro !

Oscar se força à sourire :

— T'inquiète pas, c'est pas le premier et… sûrement pas le dernier, je suis habitué !

— Et en plus il est raciste ! ragea Maud.

— Il était furieux et humilié, mais il ne t'embêtera plus, je te promets, je serai toujours là… Il couvrit son visage de baisers légers.

Enfin Maud s'apaisa.

— C'est parce que je ne veux pas sortir avec lui… l'été dernier il a voulu m'embrasser… il a été violent. Il m'a fait peur !

— C'est fini maintenant, il n'osera plus rien.

Oscar éclata de rire :

— C'est moi qui lui ai fait peur ! Allez, viens !

Ils ramassèrent leurs affaires et quittèrent le lieu, serrés l'un contre l'autre. Malgré sa frayeur et ses larmes, Maud gardait sur ses lèvres le goût du baiser d'Oscar, elle sentait contre elle la chaleur de son corps, la douceur de sa peau nue, jamais elle n'avait été aussi heureuse. Les deux jeunes gens étaient tout entiers à leur amour naissant et l'intervention de Romain fut vite rangée dans les mauvais souvenirs.

Ils cueillirent des myrtilles qu'ils décidèrent de porter à Léa. Aux Nonais, où ils repassèrent prendre un vélo, Zelda et les enfants étaient en promenade, Gramma somnolait encore dans la maison.

— Tu as du jus de myrtille au coin de la bouche, dit Oscar, viens !

Il l'entraîna vers la salle de bains et passa délicatement de l'eau sur son visage. Maud ferma les yeux sous cette caresse et sentit les lèvres d'Oscar se poser sur les siennes. Leur baiser fut interrompu par la voix de Gramma qui appelait depuis la pièce voisine :

— Zelda ? C'est toi ? *Coté ou ka allé ?*

— Elle croit que c'est Zelda et lui demande où elle va, traduisit Oscar. Décidément, on sera toujours dérangés… Je me demande où il faut aller pour s'embrasser tranquillement ! ajouta-t-il en riant. Allez, on s'en va !

Il prit la main de la jeune fille.

— C'est moi Gramma, je descends au village ! annonça-t-il en passant devant la porte de la chambre de sa grand-mère.

Sur le vélo, la descente fut rapide jusqu'au

Villars. Assise à l'arrière sur le porte-bagages, Maud trouvait qu'Oscar allait tout de même un peu vite, elle s'agrippait au jeune homme.

– Ça va ? cria Oscar.

Elle enserra plus fortement le corps musclé et posa sa tête contre le dos large du garçon. Elle aurait voulu que le trajet ne finisse jamais ! Quand ils arrivèrent au bistro, Léa ne parut pas étonnée de les voir ensemble.

– J'en étais sûre ! Tu es amoureuse ! dit-elle à son amie tandis qu'Oscar allait chercher les boissons.

Pour une fois, Maud n'avait pas envie de faire des confidences à Léa. Son sentiment pour Oscar était plus important qu'une simple amourette, elle lui en parlerait, mais plus tard, lorsqu'elles seraient seules.

– N'importe quoi ! se récria-t-elle. On s'entend bien, c'est tout !

Léa connaissait son amie, elle ne fut pas dupe :

– Taratata ! Il suffit de voir la façon dont tu le regardes, et je m'y connais ! Il t'a même fait un cadeau à ce que je vois ! dit-elle en montrant la coiffe colorée.

Maud changea de sujet :

— Est-ce que Romain est passé ? demanda-t-elle.

— Pourquoi ? Tu le cherches ? ironisa Léa.

— On se baignait près des cascades, il est venu… il s'est battu avec Oscar…

— Battu ?… Vraiment ?…

— Oui. Il l'a même traité de « sale négro », je trouve ça dégueulasse !

— Il est vraiment nul ce mec ! jugea Léa. Et après, qu'est-ce qui s'est passé ?

Maud n'entendait pas, son regard était fixé sur Oscar qui discutait avec Léonie devant le bar. Elle lui trouva l'allure d'un héros et en fut très fière.

— Oh ! oh ! t'es là ? la bouscula Léa.

Maud lui fit à nouveau face, le visage écarlate.

— Et tu crois que tu n'es pas amoureuse ! ironisa son amie. Je te demande ce qu'il a fait, Romain, après s'être battu ? Ne me dis pas qu'il a eu le dessus quand même…

— Non, bien sûr ! répondit Maud d'un ton discret en voyant Oscar venir vers elles.

Il déposa trois verres sur leur table et se laissa tomber sur une chaise.

— Je suis crevé, déclara-t-il dans un souffle.

— Ça ne m'étonne pas, ricana Léa, si tu as fichu une raclée à Romain…

Maud et Oscar racontèrent l'intervention du jeune homme.

— Nous venions de sortir de l'eau, précisa Maud, nous étions en train de… (elle jeta un regard vers Oscar) de nous sécher…

— Un seul coup de poing, reprit-il, et il a décampé. J'étais noir de colère… et lui, vert de peur ! Il ne recommencera plus ! conclut-il.

Les jeunes gens éclatèrent de rire.

— J'aurais bien voulu être là ! s'amusa Léa, mais c'était mieux que vous soyez seuls. Pas besoin de chaperon, vous aviez assez avec Romain, souligna-t-elle.

— Léonie vient de m'apprendre qu'il y aura une fête sur la place demain soir, avec un orchestre latino, annonça Oscar. Ça vous dirait les filles ?

— Je serai avec Frank, vous pourrez y aller en amoureux ! lança Léa en riant.

Maud en avait assez. Elle se leva.

— T'es lourde ! lui dit-elle en s'éloignant vers la bicyclette.

– C'est vrai ! T'en fais un peu trop, là ! acheva Oscar fâché en la quittant pour suivre Maud.

Léa les regarda partir et se dit que, décidément, ces deux-là allaient bien ensemble.

Ils reprirent la route en silence. Ce qui se passait entre eux ne regardait qu'eux et les paroles indiscrètes de Léa les avaient mis mal à l'aise. En la déposant aux Traverses, Oscar demanda à Maud :

– On pourrait aller au refuge demain, vers Saint-Martin, il paraît que c'est très beau !

– Et si Romain…

– On ne dit à personne qu'on va à Saint-Martin, et puis, t'inquiète pas, je serai là et cette fois-ci…

Il mit les mains sur ses hanches, bomba le torse et ouvrit de grands yeux ronds :

– *Les gars comme Romain et les glands fauves, ça me côônnaît, didon !*

Maud éclata de rire.

– T'as tué des lions en Martinique ?

– Tous ceux que j'ai rencontrés.

Ils éclatèrent de rire et se jetèrent instinctivement dans les bras l'un de l'autre. Ils restèrent ainsi enlacés, secoués par les hoquets. Peu à peu le fou rire s'éteignit, ils échangèrent un long baiser que Maud, traversée par la crainte que Mona ne les voie, rompit la première.

— Déjà huit heures ! s'écria-t-elle.

Elle s'écarta rapidement, lança un baiser de la main et disparut vers la maison.

— À demain, cria Oscar. Je passerai vers deux heures !

Chapitre 8

En montant le raidillon qui contournait la terrasse, Maud fut étonnée de ne pas voir ses grands-parents. La table de jardin était nue, rien n'indiquait qu'ils l'attendaient. À moins que Mona, furieuse de son retard, n'ait dressé la table à la vavite dans la cuisine. Elle pénétra dans la maison et reconnut tout de suite la voix d'Elsa. Elle hésita avant d'entrer dans la pièce, la joie de voir sa mère se mêlait à une certaine appréhension : pourquoi était-elle là alors qu'elle devait travailler ? Sa présence n'allait-elle pas perturber la tranquillité de l'été aux Traverses ?

Hantée par le souvenir douloureux des querelles entre Elsa et Mona, Maud entra dans le salon et se dirigea vers sa mère.

— Ma douce, te voilà ! Tu as pris des couleurs ! s'exclama Elsa en embrassant sa fille avec ostentation.

Maud lui trouva le visage triste. Elle n'était pas maquillée et c'était mauvais signe. Opa fumait nerveusement en buvant un porto. Mona, peu habituée à rester inactive, s'impatientait sur le canapé.

— Mais ton chantier ? demanda Maud soupçonnant un problème.

— J'avais trop envie de te voir ! J'attends du matériel qui tarde à arriver, alors j'en ai profité pour venir vous dire bonjour.

Maud s'assit à côté de sa mère.

— Et puis… tu as rendez-vous à Nice ! laissa tomber Opa d'un ton froid.

— Bien sûr ! Mais j'ai saisi l'occasion ! Un mois sans ma fille, c'est long !

Ni Maud ni Opa n'étaient dupes de cet étalage d'amour maternel. Mona ne put retenir une réflexion acerbe.

— C'est vrai que tu t'occupes beaucoup d'elle !

Maud sentit un frisson la parcourir, elles n'allaient tout de même pas commencer à se disputer tout de suite ?

Elsa releva ses cheveux et offrit à son ex-belle-mère un sourire charmeur.

– Tu sais très bien que je travaille éééénormément. Maud ne m'en veut pas d'ailleurs, on a de très bons moments ensemble !

– Si tu le dis ! trancha Mona d'un ton glacial.

Elsa serra sa fille contre elle et minauda.

– On va passer une bonne soirée, en famille !

Malgré toute sa sagesse, Opa perdait vite patience face à sa belle-fille.

– À voir bâiller ta fille, je pense qu'elle sera aussi bien dans son lit, grogna-t-il. On va manger rapidement et tu la verras demain, enfin les quelques minutes avant ton train !

– Tu ne restes pas ? demanda Maud.

– Je te l'ai dit, c'est juste une escapade pour te voir, roucoula Elsa en embrassant sa fille.

Maud ne crut pas ce mensonge, elle connaissait sa mère. Une fois de plus, elle en prit son parti : il fallait profiter du peu de temps et d'amour qu'Elsa lui accordait, à sa manière.

Opa se retint d'intervenir.

– Venez à table ! Il est déjà tard et tout le monde est fatigué, ordonna-t-il en se levant.

– Tu viendras me déposer à Gap demain ? continua Elsa. Opa a la gentillesse de m'accompagner à la gare.

Et voilà ! Il fallait toujours que sa mère vienne gâcher les meilleurs moments ! Pourquoi devait-on tout bousculer parce qu'elle était arrivée à l'improviste ? Maud était partagée entre le plaisir de voir sa mère et les complications que sa présence engendrait inévitablement.

– Demain je ne pourrai pas, j'ai un rendez-vous ! annonça-t-elle froidement.

Le visage de Mona se crispa. Elsa insista.

– Tu peux le reporter ! Qui c'est ? Un petit ami ? Il est comment ?

Maud n'avait aucune envie de répondre à cet interrogatoire. Mona la fixait d'un regard réprobateur et de toute façon Elsa se fichait pas mal des réponses de sa fille. C'était par pure curiosité. Maud pensa très fort à Oscar. Lui seul pouvait la comprendre, c'était avec lui qu'elle avait envie d'être ! Il n'était pas question de rater leur rendez-vous du lendemain !

— Je dois être ici à deux heures, dit-elle simplement.

Mona s'empressa d'un ton doucereux.

— Ce serait plus gentil d'aller à Gap conduire ta maman ! Si tu veux la voir un petit peu…

Maud était coincée. D'un côté une mère capricieuse, de l'autre une grand-mère qui voulait l'empêcher de voir Oscar !

— Mon train est à onze heures, vous serez rentrés bien assez tôt. Ça me ferait tellement plaisir ! implora-t-elle.

Une mélodie de portable libéra Maud de cette situation délicate. Elsa quitta la table. Elle attrapa nerveusement son sac, y fouilla avec impatience, enfin elle trouva le téléphone et décrocha.

— Ah ! C'est toi !

Elle écouta un instant. Le repas se poursuivait en silence, chaque convive jetant des regards curieux vers la jeune femme plantée au milieu de la pièce.

— Mais tu m'avais promis ? gémit-elle.

Maud crut qu'elle allait pleurer.

— Comme tu veux !

Elle raccrocha et jeta le téléphone sur le canapé.

Maud remarqua ses yeux remplis de larmes lorsque sa mère revint s'asseoir à côté d'elle. Elsa se força à rire.

— Rien n'est jamais facile ! dit-elle d'une voix tremblante.

— Ton rendez-vous d'affaires à Nice est-il compromis ? demanda Mona perfidement en appuyant délibérément sur « affaires ».

Elsa passa rapidement une main sur son visage. Elle avait l'air d'une petite fille prise en faute. Elle repoussa lentement une mèche de cheveux blonds et retrouva son assurance.

— Un peu retardé, c'est tout, murmura-t-elle avec un sourire contraint.

Mais Mona avait compris, elle jubilait intérieurement, Elsa ne changerait jamais ! Quant à Maud, elle constata encore une fois qu'elle passait toujours au second plan dans la vie de sa mère.

Le coup de téléphone avait interrompu la discussion sur le départ d'Elsa. Mona revint à la charge, bien décidée à tenter encore une fois d'éloigner Maud d'une fréquentation qu'elle désapprouvait. Le repas était terminé. Comme Opa rapportait les assiettes vides à la cuisine,

Mona profita de son absence pour, pensait-elle, mettre les choses au point.

— Opa n'aime pas faire le trajet tout seul, il sera content que tu l'accompagnes et puis, tu as pris trop de coups de soleil aujourd'hui ; je suis sûre que vous avez mangé dehors, sans protection !

Elle ajouta, en se tournant vers Elsa pour la prendre à témoin.

— Ces gens-là ne craignent pas le soleil, eux !

Elle insista sur « ces gens-là » avec une sorte de mépris qui n'échappa pas à Maud. Pour une fois, sa mère avait parlé juste : rien n'est jamais facile ! Elle sortit le madras de sa poche et le tendit à sa grand-mère.

— Pas du tout, regarde, Zelda m'a donné ça pour me couvrir la tête !

— Mais c'est un tissu antillais ! roucoula Elsa.

— Zelda ? demanda Mona d'un ton autoritaire.

— La tante d'Oscar ! Elle est charmante et très belle, elle m'a appris beaucoup de choses sur son pays….

— Eh bien, tu vas le lui rendre ! la coupa Mona.

— Mais pas du tout, il est ravissant et il te va si bien, s'exclama Elsa, très « chiffons ».

– Il n'en est pas question ! On ne rend pas un cadeau, ce serait une insulte ! s'insurgea Maud outrée.

– Aujourd'hui c'est un bout d'étoffe, et demain ? lança Mona avec mépris.

– Mais enfin, je ne vois pas où est le problème, s'étonna Elsa. Et d'ailleurs, qui est cette femme ? Je ne comprends rien à ce que vous racontez !

– Parmi tous les jeunes du Villars, Maud nous a ramené un Martiniquais, imagine-toi !

Elsa commenta en riant :

– Alors ça y est, tu as un petit ami ? Comme je suis contente…

Devant l'insouciance de son ex-belle-fille, Mona se leva furieuse.

– Décidément, tu as vraiment perdu la tête ma pauvre Elsa ! Tu ne te rends compte de rien, comme d'habitude !

Maud était au bord des larmes, elle sentait venir l'altercation tant redoutée entre sa mère et sa grand-mère. Elle ou son père avaient toujours été l'objet de querelles entre les deux femmes. Elle tenta pourtant de se défendre.

— Ce n'est qu'un copain, Mona, et il est très gentil…

— Je ne veux pas que tu le revoies ! trancha Mona en se dirigeant vers la cuisine pour bien signifier que le sujet était clos.

Maud aurait voulu que sa mère prenne sa défense, mais maintenant Elsa boudait comme une enfant, ressassant la réflexion de Mona. Elle se leva, la gorge nouée.

— Tu n'as rien à m'interdire, je ferai ce que je veux ! cria-t-elle.

Elle monta dans sa chambre, et se jeta sur son lit.

Quelque temps après, lorsqu'Opa monta à son tour se coucher, Mona ne dormait pas.

— Je n'aime pas voir cette femme à la maison ! se plaignit-elle.

— Tu ne peux pas l'empêcher d'avoir envie d'être avec sa fille ! objecta Opa.

— Ce n'est pas pour sa fille qu'elle est descendue de Paris, c'est encore pour un nouvel amant !

Opa s'allongea en silence et éteignit la lumière. Au bout d'un moment, il entendit sa femme prononcer d'un ton autoritaire :

— J'ai interdit à Maud de revoir ce garçon. Elle ira à Gap avec toi.

Opa comprit que les jours à venir seraient difficiles mais ne fit aucun commentaire. Il serait bien temps demain.

Chapitre 9

Malgré une nuit agitée, entrecoupée de cauche-mars dans lesquels sa grand-mère donnait des coups de poing au visage de sa mère, Maud se réveilla en pensant à Oscar. Elle descendit prendre son petit déjeuner et retrouva Mona qui faisait griller des toasts.

– Alors, ma marmotte, bien dormi ?

Mona ne semblait pas se souvenir de l'alterca-tion de la veille. Sans un mot, Maud déposa un rapide baiser sur sa joue et s'assit devant son bol de chocolat. Elle ne songeait qu'à Oscar : être dans ses bras, retrouver la confiance et la sérénité. « Vivement que cette matinée soit terminée, que je puisse enfin le rejoindre ! », priait-elle.

Opa entra dans la pièce.

— Jacquotte est au piquet et j'ai mis la voiture dans le chemin, annonça-t-il. Elsa est-elle réveillée ?

Pour toute réponse Mona haussa les épaules comme s'il était évident que son ex-belle-fille dormait encore.

— Je vais frapper à sa porte, décida Opa.

Mais une demi-heure plus tard, Elsa n'était toujours pas debout. « Elle le fait exprès, c'est pas possible ! » rageait Maud en tapant nerveusement dans les graviers du chemin. Opa tournait autour de la voiture. Mona s'énervait toute seule en faisant son ménage.

Opa regarda sa montre.

— Bientôt dix heures ! Monte la chercher, Maud, sinon elle va rater son train !

Maud n'eut pas besoin d'obtempérer, Elsa descendait l'allée, d'un pas régulier, balançant son sac à bout de bras, comme si elle partait en promenade.

— Vous m'attendiez ? demanda-t-elle d'un air naïf.

Malgré sa volonté de paraître décontractée, ses

yeux bouffis témoignaient d'une mauvaise nuit. « Sans doute la suite du coup de téléphone de la veille ! » pensa Opa.

– Ça fait presque une heure ! lâcha Maud furieuse. Dépêche-toi, monte !

Enfin, la vieille Renault d'Opa prit la route vers la vallée. Il conduisait prudemment dans un silence pesant. Elsa avait voulu prendre place sur la banquette arrière, Opa pouvait la voir somnoler dans son rétroviseur. Maud, assise à côté de lui, ne cessait de penser à cette visite inopinée et décevante, à cette soirée de discorde. Elle se calma en imaginant l'après-midi avec Oscar comme une oasis de douceur dans ce monde troublé. Pourvu qu'elle soit rentrée à temps ! Tout à ses pensées, elle ne desserrait pas les dents. Pour détendre un peu l'atmosphère, Opa se mit à siffloter. Il avait conscience que l'heure tournait mais ne pouvait pas aller plus vite. « Tant pis, pensait-il, tant pis pour elle, elle prendra le prochain train et sera en retard à son rendez-vous galant. » Cette idée le fit sourire, sans méchanceté. « Ce ne serait que justice ! »

Elsa se réveilla en arrivant en ville. Elle s'étira nonchalamment.

— Nous sommes déjà à Gap ? demanda-t-elle d'une voix pâteuse.

— Nous arrivons à la gare, précisa Maud, il y a beaucoup de monde !

Opa s'arrêta dans la travée réservée à la dépose rapide des voyageurs. Il descendit pour sortir le sac d'Elsa du coffre.

À demi endormie, Elsa salua son beau-père rapidement.

— Dépêche-toi ! Vite ! Tu as peu de temps, la pressa-t-il.

Elle prit sa fille dans ses bras.

— On ne se sera pas beaucoup vues ! (La faute à qui ? pensa Maud.) Passe de bonnes vacances, ma chérie, je t'attends toute belle et bronzée en septembre !

Puis elle disparut dans la foule. Opa se remit au volant. Maud reprit sa place. Les larmes chatouillaient ses yeux, mais elle ne voulait pas pleurer. Après tout, rien ne l'étonnait plus de la part de sa mère, ce départ, cette arrivée, c'était son capharnaüm habituel !

— Onze heures moins deux, je ne sais pas si elle aura son train ! constata Opa, mais nous, nous serons à temps aux Traverses, ajouta-t-il en souriant à sa petite-fille.

Maud lui fut reconnaissante de cette complicité. Ils sortirent rapidement de la ville. Heureux, Opa chantonnait une vieille chanson que Maud connaissait bien :

Ah ! les fraises et les framboises, et l'bon vin qu'nous avons bu…

En riant, Maud entonna avec lui :

Les demoiselles de Paris, nous ne les verrons plus…

Opa se tut subitement.

– Tu entends ? Cette mélodie…

– Le portable de maman ! cria Maud.

D'un bond, elle se retourna vers la banquette arrière sur laquelle était posé le sac à main de sa mère et le brandit vers son grand-père.

– Tête de linotte ! marmonna-t-il, fâché.

Maud ouvrit la petite besace en toile. Le carillon avait cessé, mais le billet de train, les clés et tous les papiers d'Elsa étaient là.

– C'est pas vrai ! gémit-elle.

En un éclair, elle vit son après-midi avec Oscar compromis. Le désespoir se mêlait à la colère, non seulement elle aurait, elle le savait, à

94

affronter les foudres de sa grand-mère, mais en plus elle serait en retard. Oscar l'attendrait-il ? Cette fois, elle allait pleurer pour de bon.

— On a le temps de faire demi-tour, la rassura Opa.

— Et si elle est partie ?

— Elle se sera rendu compte de son oubli en cherchant son billet, elle doit nous attendre, ou alors…

Il se tut. Un lourd silence accompagna le demi-tour de la Renault. Ils pensaient tous les deux la même chose. Elsa était tellement tête en l'air qu'elle était capable d'être montée dans le train sans avoir cherché à poinçonner son ticket.

— Comme elle était déjà en retard… dit Maud en poursuivant son idée.

Il y avait toujours autant de voitures devant la gare. Opa stationna en double file et ordonna à Maud :

— Essaie de la retrouver, moi je cherche une place.

Maud sauta sur le trottoir. Le hall était rempli de voyageurs ; comment apercevoir Elsa dans cette cohue ? La grosse horloge indiquait onze heures quinze et sur le tableau des départs, le train de Nice n'était plus affiché. Elsa n'était nulle part. Maud ressortit. En cherchant des yeux la voiture de son grand-père, elle aperçut sa mère attablée à la terrasse de la Brasserie de l'Arrivée avec un homme en costume clair. Elle traversa la place en courant, mue par une colère irrépressible. L'accueil d'Elsa la mit au comble de l'exaspération.

— Ah, ma chérie ! Je t'attendais, tu veux boire quelque chose ?

— Mais maman, je viens juste te rapporter ton sac ! Je n'ai pas le temps et puis Opa m'attend…

Elsa avait récupéré tous ses moyens, elle charmait, roucoulait, ravie d'avoir un admirateur.

— Je te présente Jean-François, il a accepté de m'offrir un coup de téléphone aux Traverses et un Perrier frais. À propos, ta grand-mère n'est pas à la maison ?

Maud s'impatientait. Elsa avait retrouvé ses affaires, elle n'avait aucune raison de s'attarder.

L'homme se leva, serra la main d'Elsa.

— Vous n'avez plus besoin de moi ! Je suis obligé de vous quitter… Ravi d'avoir pu vous aider.

Maud le salua rapidement. Elle n'avait qu'une envie, partir, rentrer aux Traverses, retrouver Oscar. Elle se pencha pour embrasser sa mère.

— Bon, j'y vais. Bon voyage !

— Mais ? Je ne vais pas rester toute seule ! pleurnicha Elsa.

— Tu as un train à prendre, un rendez-vous à Nice…

Elsa baissa la tête, honteuse.

— Je ne vais plus à Nice. Je remonte à Paris. Mon rendez-vous est annulé.

Maud comprit : le coup de fil de la veille, les larmes de sa mère. Elle aurait dû rejoindre un nouvel amant à Nice, mais il s'était désisté. Elle ne s'était arrêtée aux Traverses qu'en attendant ce rendez-vous. Une fois encore, Maud prit conscience qu'elle avait devant elle une petite fille déçue, craignant de rester seule quelques heures. Seulement, cette petite fille était sa mère, une mère capricieuse et égoïste. Maud sentait la colère monter, la colère et le chagrin. Sa mère lui semblait si fragile et en même temps tellement accaparante. Un coup de klaxon la ramena à la réalité. Opa, mal garé de l'autre côté de la rue, faisait signe par la vitre ouverte. Maud le rejoignit.

– Pas moyen de se garer… De toute façon, si Elsa a récupéré son sac, on peut y aller ? s'enquit Opa.

Maud hésitait. Elle aurait bien voulu sauter dans la voiture et partir avec son grand-père, mais Elsa ?

– Maman ne prend le train que dans une heure…

– J'ai changé d'horaire ! criait Elsa en traversant la rue, je pars plus tard ! Je vous invite tous les deux à déjeuner !

Elle avait récupéré très vite… sans doute la perspective d'attendre seule à la gare ? Opa jeta un coup d'œil à sa petite-fille, son visage était blanc et crispé, il se tourna vers Elsa.

– Impossible, Elsa, j'ai des choses à faire, je dois rentrer, affirma-t-il sèchement.

Elsa se ressaisit. Elle avait toujours eu beaucoup de mal à résister à l'autorité d'Opa.

– Bien sûr !

Maud l'embrassa rapidement et monta en voiture. Opa fit un signe d'adieu et démarra. Malgré son désir de rentrer au plus vite, Maud se sentait coupable de laisser sa mère.

— C'est une grande fille, dit doucement Opa, ne t'inquiète pas pour elle, si tout va bien on est à la maison dans peu de temps.

Maud ne dit rien de tout le voyage, enfoncée dans son siège, elle pensait à sa mère, à cette visite éclair qui n'avait pour but que de rejoindre un nouvel ami. « M'aime-t-elle vraiment ? », se demandait la jeune fille sans connaître la réponse. Heureusement, elle allait retrouver Oscar !

Chapitre 10

Romain était rentré directement chez lui et s'était enfermé dans sa chambre, les volets clos, prétextant une migraine due au soleil. Armande lui avait monté de l'aspirine, et dans la pénombre n'avait pas vu le visage enflé de son neveu. L'endroit où avait frappé Oscar le brûlait affreusement, mais c'était son amour-propre qui le faisait le plus souffrir. Ressassant sa haine pour celui qu'il nommait « ce sale négro », il ne pouvait oublier l'image du couple enlacé, les lèvres de Maud tant convoitées unies à celles de ce « sauvage » lui étaient insoutenable et aiguisaient son besoin de vengeance. Aucun mot n'était assez fort pour qualifier Oscar, quant à Maud, il l'excusait, lui donnant un rôle de victime.

— Je me vengerai de ce salaud ! Il l'a forcée à l'embrasser, j'en suis sûr ! Il me le paiera…

Un lourd sommeil eut raison de sa hargne.

Armande le réveilla en ouvrant les persiennes. Elle poussa un cri à la vue de son visage tuméfié.

— Qu'est-ce qu'il t'est arrivé ?

Le jeune homme avait l'impression que le bas de son visage était anesthésié. Il jeta un coup d'œil au miroir. Son menton était bleu, sa figure congestionnée. Il fanfaronna :

— J'ai voulu défendre Maud, elle était agressée par un type… un étranger, un Noir ! Je me suis battu…

— Mon Dieu ! Mon Dieu ! répétait Armande. Et la petite Maud ?

— Grâce à moi, elle a pu s'enfuir, mentit Romain.

Armande courut à la salle de bains et revint avec un linge humide. Romain se laissa soigner, savourant sa situation de héros.

— Je vais prévenir les gendarmes, annonça Armande d'un ton décidé.

Romain n'avait pas prévu cette éventualité, il prit peur. Pas question d'être confronté à Oscar ou pire, à Maud. « J'ai assez perdu la face », se dit-il, même s'il désirait voir Oscar évincé et puni.

– Non, non ! Ce n'est pas la peine. Je suis assez grand pour me débrouiller seul ! Laisse-moi, ordonna-t-il à sa tante avec brutalité.

Il enfila rapidement ses vêtements.

– Qui est ce garçon ? insista Armande. Est-ce que tu le connais ?

– C'est un black, je t'expliquerai, lança-t-il en dévalant l'escalier.

– Où vas-tu ? cria Armande.

Romain n'avait pas supporté de la voir dans les bras d'un autre, Maud devait lui pardonner, c'était une preuve d'amour, après tout ! Mais comprendrait-elle ? Il prit la route qui menait aux Traverses en souhaitant que sa tante n'aille pas à la gendarmerie. « Je vais parler à Maud, m'excuser s'il le faut ! » Tout à coup, il se souvint de la conversation surprise la veille, entre Armande et Mona, qui parlait d'Oscar. « Mona ne l'aime pas, mais elle a confiance en moi, elle me connaît

102

bien, pensait-il, je suis certain qu'elle prendra mon parti contre Oscar si je lui raconte exactement ce qui s'est passé. J'insisterai sur le baiser... »

Alors qu'il arrivait au hameau, il aperçut Oscar qui pédalait à toute vitesse sur la petite route. Caché derrière un noyer, il le vit déposer une enveloppe dans la boîte aux lettres du chalet d'Opa et de Mona, puis repartir rapidement. Il aurait bien voulu en connaître le contenu, mais si un habitant de la maison le voyait ? Comment s'expliquerait-il ? Il frappa à la porte. Malgré son insistance, il n'obtint aucune réponse. Assuré qu'il n'y avait personne, il traversa la terrasse et récupéra la lettre comme un voleur. La conscience en déroute, il prit ses jambes à son cou et s'enfuit vers la prairie. Caché par les hautes herbes, en contrebas des Traverses, il lut en tremblant : *Zelda doit emmener Tim chez le médecin. Il est tombé et a très mal au genou. Elle m'a demandé de garder Saya cet après-midi. Si elle rentre assez tôt, on aura le temps d'aller à Saint-Martin, sinon je viendrai de toute façon te chercher ce soir pour la fête du Villars.*

J'ai vraiment passé une très belle journée hier.

Je t'embrasse tendrement. Ton Oscar.

Romain fit une boulette du papier et la jeta d'un geste rageur. « Ton Oscar ! Ton Oscar ! » répétait-il, envahi d'une jalousie douloureuse. Le coup de poing d'Oscar résonnait dans son menton tuméfié, il sentit venir des larmes de désespoir. « C'est fini, fini, jamais Maud ne me pardonnera, jamais elle ne sortira avec moi… » sanglotait-il. Un vent léger ramena la lettre froissée vers lui, il la ramassa machinalement. Il restait une demi-page vierge. Tenait-il enfin le moyen de séparer Maud d'Oscar ? Avec calme et détermination, Romain sortit un crayon de sa poche.

Mona avait passé une partie de la matinée à cueillir des prunes pour ses futures confitures, elle rentra dans la maison au moment où le téléphone sonnait. Inquiétée par son départ précipité, Armande cherchait Romain.

— J'étais dans le verger, je n'ai vu personne, répondit Mona.

– Je me demande où il est parti… après cette histoire, je me fais du souci, il refuse que j'en parle aux gendarmes…

Mona ne comprenait rien au discours alarmé de son amie.

– Quelle histoire ?

En quelques mots, Armande raconta la violence d'Oscar envers Maud et son neveu.

– Heureusement, Romain est arrivé à temps !

– Mais Maud ne m'a rien dit ! Elle était fatiguée, sa mère était là…

Mona essayait de se souvenir de la soirée de la veille, jamais elle n'aurait soupçonné que sa petite-fille avait été agressée !

– Pourquoi ne m'a-t-elle rien dit ?

– Ah, le voilà, annonça Armande en voyant Romain rentrer. Je te rappellerai…

Perplexe, Mona raccrocha le téléphone et réfléchit à haute voix :

– Elle n'a peut-être pas osé en parler devant sa mère… À moins que… (elle hésita à formuler ce qui lui paraissait tout de même improbable) à moins qu'elle n'ait été violentée… avant l'arrivée de Romain ?

Elle attrapa le panier chargé de fruits qu'elle avait laissé à ses pieds et se dirigea vers la cuisine, tout en continuant son monologue.

— Ma pauvre Marthe, tu vois toujours le pire… ils ne sont pas tous des violeurs… et je m'en serais bien rendu compte en voyant Maud rentrer… S'il s'était passé quelque chose de très grave, je l'aurais tout de suite senti, se rassura-t-elle. Ah, ça… pourtant, je l'avais dit… il ne peut rien arriver de bon avec ces gens-là… La bagarre, le vol, la drogue peut-être… Les gendarmes, oui, c'est tout ce qu'il mérite… Et quand je pense qu'elle a rendez-vous avec lui cet après-midi !

Elle jeta un coup d'œil à la pendule.

— Midi et demi, avec un peu de chance, Elsa les aura mis en retard… et c'est moi qui accueillerai ce garçon…

Encouragée par cette perspective, Mona se calma et sortit pour chercher le courrier dans la boîte aux lettres, comme elle le faisait tous les jours avant de préparer le repas.

Chapitre 11

Lorsque la voiture d'Opa se gara près de la remise, il était deux heures et quart, Oscar n'était pas encore là, seule Mona en connaissait la raison. Maud ne s'inquiéta pas, elle prit une rapide collation avec son grand-père puis l'aida à préparer son attirail de pêche. Il était pressé et d'humeur grincheuse.

— Avec toutes ces simagrées, Alphonse va m'attendre… c'est bien de ta mère ! maugréa-t-il.

Maud ne releva pas, elle était tout à fait d'accord avec son grand-père, le passage éclair d'Elsa n'avait laissé derrière elle que désordre et amertume. « Heureusement, Oscar va arriver, se dit-elle. Au moins lui, il me regarde, il s'occupe de

107

moi… (elle repensa à l'arrivée de Romain près de la rivière et sourit), il me protège… »

Opa était prêt, il monta en voiture pour rejoindre son ami sur les lieux de pêche. Mona n'avait pas pu lui parler du coup de téléphone d'Armande ni de ses craintes, il était assez contrarié comme ça ! Prévenir la gendarmerie ? Le hasard lui avait fourni un meilleur moyen de séparer Maud d'Oscar, mais le courage lui manquait pour annoncer la nouvelle à sa petite-fille ; même si elle était ravie de la tournure que prenait leur relation, elle ne supporterait pas de voir Maud malheureuse. Elle entreprit de nettoyer les prunes pour faire sa confiture, observant Maud du coin de l'œil. Celle-ci semblait impatiente et heureuse, fourrant biscuits et bouteille d'eau dans un sac à dos. « S'il l'avait violentée, elle ne retournerait pas avec lui, pensait Mona, elle n'aurait pas ce visage joyeux ! » Mona la regardait aller et venir. « Il faut que je lui dise, même si ça lui fait mal… » Elle allait parler lorsque Maud s'exclama :

– Déjà trois heures ! Mais qu'est-ce qu'il fait ?

Mona posa son couteau et passa lentement ses mains sous l'eau. Puis elle se tourna vers Maud, le visage consterné.

— Ma marmotte, il faut que je te dise, Oscar ne viendra pas !

Maud regarda sa grand-mère comme si elle venait de la frapper au visage.

— Comment tu sais ça ?

Mona ouvrit le tiroir du vaisselier et en sortit un papier froissé qu'elle lui tendit d'une main tremblante.

— Voilà ce que j'ai trouvé dans la boîte aux lettres ce matin…

Je n'ai plus envie de te voir, je ne viendrai pas cet après-midi, j'ai autre chose à faire. Oscar.

Les jambes vacillantes, Maud lâcha le sac qu'elle tenait et se laissa tomber sur une chaise, la lettre à la main. Sa vue se brouillait, elle balbutia :

— C'est à cause de maman, c'est parce qu'on était en retard…

Mona mit un bras autour de ses épaules.

— Ta mère n'a rien à voir là-dedans, ma chérie, il a eu ce qu'il voulait, c'est tout. Tu ne pouvais pas t'attendre à autre chose…

Elle articulait lentement, d'une voix lénifiante. Maud l'entendait dans un brouillard épais.

109

– Je te l'avais dit, reprit Mona, ces gens-là ne sont pas comme nous…

Elle caressa doucement la joue de sa petite-fille.

– Tu peux tout me raconter… Qu'est-ce qu'il t'a fait hier ?

Maud ne répondait pas… Entendait-elle sa grand-mère ? Elle voyait le visage d'Oscar penché sur elle : « Je serai toujours là, disait-il, je te protégerai… » Pourquoi avait-il écrit cela ?

– Maud ! Maud, tu m'entends ?

À nouveau, elle eut un doute :

– Il t'a frappée… et tu n'oses pas me le dire ! Peut-être même…

Elle prit sa petite-fille dans ses bras. Maud eut un geste brusque pour se dégager.

– Laisse-moi, laisse-moi tranquille, tu ne comprends rien !

Elle se leva, et invectiva sa grand-mère avec fureur :

– Il est venu ! Qu'est-ce que tu lui as dit ? Hein ? C'est toi qui lui as demandé de ne plus me voir… J'en suis sûre, tu le détestes !

Elle quitta la pièce en claquant la porte.

La vue brouillée par les larmes, hoquetant et trébuchant, Maud courait sur la petite route. « Oscar, Oscar, c'est pas possible ! se répétait-elle, tu peux pas me faire ça… Tu m'avais promis… C'est la faute de Mona… de maman… tu n'y es pour rien… » Elle ralentit le pas, un nuage couvrit le soleil, elle serra les bras sur sa poitrine, la tête dans les épaules. Elle sentit dans son poing la lettre froissée et s'arrêta. Devant elle s'étendait la prairie et au loin le hameau des Nonais évoquant le souvenir du baiser dans la pénombre, du repas, de la gentillesse de Zelda.

Je n'ai plus envie de te voir… La phrase cingla à ses oreilles : *plus envie…* Elle traversa les herbes hautes et s'arrêta à quelques mètres de la maison. « Je veux lui parler… » Dans le jardin, elle aperçut la silhouette de Saya, elle jouait au ballon avec un partenaire caché par l'angle d'un mur. Gramma était allongée sur un transat, Zelda devait être occupée à l'intérieur. Le ballon volait haut, Maud fut convaincue que c'était Oscar qui le renvoyait ! Elle se sentit tout à coup étrangère à cette famille, une immense solitude l'envahit. « Il est là et ne veut vraiment plus me voir… Pourquoi ? Pourquoi a-t-il changé comme ça ? Qu'est-ce que j'ai fait ? » La confiance qu'elle avait donnée à Oscar l'empêchait de comprendre, son attitude lui paraissait impossible, elle en cherchait toutes les raisons. « À cause de Romain ? de Mona… c'est Mona qui s'en est mêlée ! Mais je ne faisais rien de mal ! »

Les montagnes au-dessus d'elle, d'habitude si clémentes, devenaient grises sous le mauvais temps approchant. Que sa mère l'abandonne pour un autre, que son père soit toujours absent, elle en souffrait assez, mais il avait bien fallu s'y habituer ! En rencontrant Oscar, elle avait cru enfin qu'elle comptait pour quelqu'un et maintenant lui aussi l'abandonnait !

Elle pleura un long moment accroupie dans l'herbe, tremblant de solitude. Elle avait tant besoin d'être rassurée, cajolée, et le seul qui aurait pu la comprendre se détachait d'elle, comme les autres. Même Léa n'était pas disponible, quant à Opa, il pêchait la truite quelque part avec Alphonse.

Elle finit par reprendre des forces et décida de descendre au village. Elle n'en pouvait plus d'être seule et Léa l'aiderait peut-être à comprendre.

La marche lui fit du bien. Le soleil disparaissait derrière de gros nuages épais, annonciateurs d'orage, mais Maud ne s'en préoccupait pas. Le texte de la lettre s'interposait entre les souvenirs des moments passés avec Oscar. « C'est pas possible ! » n'arrêtait-elle de se répéter.

La piste de danse était déjà installée sur la place du village, malgré le temps menaçant tout le monde se préparait pour la fête qui devait avoir lieu le soir même. Léonie était seule derrière le bar. En voyant le visage décomposé de Maud, elle s'alarma :

– Qu'est-ce qui t'arrive ma pitchoune ? Tu as pleuré ?

– Ce n'est rien, murmura Maud qui se retint de se jeter dans les bras de la vieille dame. Léa est-elle là ?

Léonie s'approcha d'elle.

– Tu as besoin de ton amie, un gros chagrin à partager ?

Pour toute réponse, Maud hocha la tête.

– Elle est à Gap au cinéma, avec Frank. Assieds-toi, tu vas boire quelque chose…

Maud retenait ses larmes. Décidément, personne n'était là pour elle !

— Non, non, il faut que j'y aille. Merci.

Elle quitta le bar et traversa la petite place. Comme s'il l'attendait, Romain surgit de derrière un platane. Elle recula, apeurée.

— Qu'est-ce que tu me veux encore ? demanda-t-elle agressive.

Il avait l'air sûr de lui.

— Ça va ?

Maud ne répondit pas et tenta de s'éloigner.

— Tiens, tu n'es pas avec ton nouvel ami ?... le grand Noir...

Ce ton provocateur mit la jeune fille au comble de la colère.

— Il s'appelle Oscar et je partais justement le rejoindre ! lança-t-elle. Il m'attend !

Elle pivota sur ses talons.

— Ça m'étonnerait, entendit-elle dans son dos.

Elle se retourna violemment comme piquée par un insecte.

— Nous avons rendez-vous pour la fête de ce soir !

— Et s'il ne venait pas à ce... rendez-vous ?

— Je SAIS qu'il viendra ! hurla-t-elle et elle s'éloigna en courant.

Chapitre 12

Cela faisait plusieurs heures que Maud était partie et Mona était de plus en plus inquiète. Elle avait d'abord pensé la trouver dans sa chambre et était montée pour tenter de la consoler. Elle ne supportait pas de voir sa petite-fille malheureuse et s'en voulait de ne pas avoir été plus vigilante. « J'aurais dû tenir tête à Opa et empêcher la petite de fréquenter ce garçon ! » se reprochait-elle. Puis elle la chercha dans le verger. Autrefois, lorsqu'elle était contrariée, Maud allait bouder entre les pruniers derrière le chalet, mais elle n'y était pas non plus. « Elle sera allée marcher un peu, se dit Mona, elle va certainement rentrer avant la pluie. » Elle combattait l'angoisse qui montait, se blâmant de ne pas avoir parlé de la lettre et de la bagarre à Opa. Elle avait voulu régler cette affaire toute seule mais la réaction violente de sa petite-fille l'effrayait. Où pouvait être Maud ?

N'ayant cessé d'y penser tout l'après-midi, lorsqu'on frappa à la porte, Mona eut peur qu'il ne soit arrivé quelque chose à Maud. Elle se précipita. Oscar était sur le seuil, souriant.

— Bonjour madame, je viens chercher Maud…

— Vous osez revenir ? Vous ne croyez pas que vous lui avez fait assez de mal comme ça ?

La vieille femme était rouge de colère, elle secouait son torchon comme une arme menaçante. Surpris par un tel accueil, Oscar recula.

— Qu'est-ce que je lui ai fait ? bredouilla-t-il abasourdi.

— Vous avez de la chance que je n'ai pas appelé les gendarmes… on ne se bat pas chez nous… on laisse les jeunes filles tranquilles…

Oscar essaya de se défendre.

— C'est Romain qui nous a sauté dessus…

— Et menteur en plus ! Le tableau est complet !

Oscar essaya de pénétrer dans la maison, il fallait qu'il calme la furie de Mona, il avait tellement peur de ne plus voir Maud.

– Laissez-moi vous expliquer, madame, nous étions…

Mona le repoussa :

– Sortez de cette maison ! On n'a pas besoin de gens de votre espèce ici ! Rentrez chez vous !

– Mais… Madame…

– Ma petite-fille ne veut plus vous voir ! De toute façon, elle est partie, je ne sais même pas où elle est ! S'il lui arrive quelque chose, ce sera de votre faute ! Et elle claqua la porte.

Oscar s'écarta comme si le battant allait le frapper au visage et resta quelques secondes sans pouvoir bouger. Qu'est-ce qui s'était passé ? Pourquoi Mona le chassait-elle de la sorte ? Où était Maud ? Avait-elle reçu sa lettre ? En quittant le chalet, il vérifia que la boîte aux lettres était bien vide. « Si au moins son grand-père était là, se dit-il, lui il m'écouterait, il me dirait où est Maud. » L'inquiétude grandissait ainsi que l'incompréhension. Il osa s'aventurer vers le fenil, mais la porte était close, la voiture d'Opa n'était pas dans le hangar. Il reprit le chemin des Nonais.

En deux mots, Oscar expliqua à sa tante l'accueil de Mona, l'absence de Maud.

— Tu es bien sûr qu'elle n'était pas là ? demanda sa tante.

— Je n'ai pas pu vérifier, sa grand-mère m'a fichu dehors, je te dis ! Mais elle avait l'air inquiet, je suis certain que Maud n'était pas là.

— Qu'est-ce qui a pu la mettre dans un état pareil ? Tu as prévenu que tu ne pourrais pas venir en début d'après-midi ?

— J'ai mis un mot, j'ai dit que si je rentrais assez tôt on irait à Saint-Martin comme convenu, elle a dû le lire, il n'est plus dans la boîte…

Zelda l'interrompit.

— Écoute, elle a dû se fâcher avec sa grand-mère, je ne sais pas pourquoi, mais elles se sont sûrement disputées. Maud est partie, si ça se trouve, elle y est à Saint-Martin, elle t'attend !

L'assurance de Zelda réconforta Oscar, elle le retint alors qu'il allait partir :

— Prends un imperméable, il va pleuvoir et… fais bien attention à toi ! Tu sais où c'est Saint-Martin au moins ?

— Sur le chemin de grande randonnée qui part

à l'orée du bois de mélèzes, ne t'inquiète pas, je trouverai…

Le tonnerre grondait quand Opa gara sa voiture. Il courut sous les premières gouttes jusqu'à la maison. Mona était blême, elle savait par Léonie que Maud était passée au Villars, en larmes. Elle avait hésité longtemps entre téléphoner aux gendarmes pour faire rechercher sa petite-fille et attendre le retour d'Opa. Elle l'accueillit précipitamment et lui fit le récit rapide des derniers événements.

— Qu'est-ce que c'est que cette histoire ? répétait Opa en déposant son panier de pêche dans la cuisine. Oscar aurait été violent ?

Mona raconta en détails la bagarre entre les deux garçons, l'arrivée d'Oscar et comment elle l'avait mis dehors.

— Tu ne crois pas que tu y es allée un peu fort ? Quelles preuves as-tu ? Si Maud avait été mise en danger, elle nous l'aurait dit…

— Elle n'a pas osé… sa mère était là… Je savais que ce garçon n'allait apporter que des problèmes, et maintenant c'est ma petite Maud qui a disparu !

Mona était au bord des larmes.

— Tu ne te rends pas compte ? Il est peut-être après elle…

Opa se mit en colère :

— Ça suffit ! Tu détestes tellement ce garçon que tu le vois responsable de tous les crimes ! Tu ne crois pas que tu exagères ?

— C'est toi qui ne veux pas voir les choses en face ! Moi je sais, Armande m'a raconté…

— Et tu crois que Maud aurait été aussi impatiente de le retrouver s'il avait été désagréable, ou… violent, comme tu dis ? Cette histoire ne tient pas debout !

Il s'engageait dans l'escalier, sa femme sur les talons.

— Tu as regardé dans sa chambre… il n'y a pas un mot ?

Opa ne pouvait imaginer que Maud soit partie sans dire où elle allait, au moins à lui. En pénétrant dans la pièce, il se demanda ce qu'il venait y chercher exactement. Le ciel était noir, la pluie tapait aux carreaux, le ciré de sa petite-fille était pendu à la patère, aucun indice ne permettait de savoir où elle était.

— A-t-elle pris son vélo ? demanda-t-il en refermant la porte.

— J'ai vérifié, il est toujours dans le fenil… Il faut faire quelque chose, Victor ! Appeler les gendarmes…

— Laisse les gendarmes tranquilles, je vais faire un tour au Villars, elle est sans doute avec Léa…

— J'ai déjà parlé à Léonie, elle m'a dit qu'elle était passée et repartie… Mon Dieu, mon Dieu… où est-elle ? Avec ce temps…

Opa attrapa son manteau.

— Et aux Nonais ? Tu as pensé à téléphoner aux Nonais ? demanda-t-il sur un ton de reproche.

Mona le regarda, interloquée.

— Chez ces gens ?

— Oui, c'est peut-être là qu'elle s'est réfugiée. Il enfila son imperméable.

— C'est impossible… il ne veut plus la voir, insista Mona.

Opa allait sortir, il se tourna vers sa femme.

— Tu es certaine que tu n'as pas été trop violente à propos de ce jeune homme ?

Mona se sentait prise en faute, les mots avaient-ils dépassé sa pensée ? Aurait-elle blessé sa petite-fille en parlant d'Oscar ?

— Je n'ai fait que lui donner la lettre… répondit-elle humblement.

— Reste là, lui intima Opa. Si elle rentre, tâche de ménager tes paroles !

Il courut sous la pluie jusqu'à la voiture. Mona l'entendit démarrer. Elle était seule avec son inquiétude, seule avec ses remords.

Chapitre 13

En quittant le village, Maud avait repris la route en direction des Traverses. La colère qu'elle avait éprouvée face à Romain l'avait poussée à mentir et maintenant elle voulait croire à ce mensonge. Elle essaya de se convaincre une partie du trajet, mais peu à peu le texte implacable de la lettre effaça tout espoir. Mona l'attendait au chalet, avec ses allusions racistes et son aversion pour Oscar. Maud essayait d'imaginer : Oscar était venu, Mona ne l'aimait pas et elle avait dû lui faire la leçon, le convaincre de ne plus voir sa petite-fille. Si seulement Opa était rentré ! Mais la voiture n'était pas là. Elle aurait eu envie de retrouver sa grand-mère, de se blottir dans ses bras, mais cette fois elle ne trouverait pas la compréhension et l'écoute dont elle avait besoin. Mona l'avait abandonnée, pire elle l'avait trahie au nom de principes stupides.

Maud dépassa les Traverses et continua sa route. Il était encore tôt, mais la nuit semblait déjà être tombée tant le ciel était noir. Avait-elle le courage de retourner aux Nonais ? Elle hésita. « Et s'il refuse de me parler ? Si vraiment il ne veut plus me voir ? Qu'est-ce que je ferais ? » Elle se figura face à Oscar et à toute sa famille et dépassa le hameau. Elle marchait droit devant elle, sans savoir où elle allait, ressassant son amertume et son chagrin. Une grosse pluie d'orage s'était mise à tomber, le vent rabattait l'ondée sur son visage, ses vêtements légers furent vite trempés, elle frissonna et quitta la route pour s'engager dans le bois. Lorsque l'éclair frappa les mélèzes au-dessus d'elle, Maud prit peur. Elle voulait se protéger de la tempête, mais si la foudre s'abattait sur un arbre !... Elle se souvint des recommandations entendues maintes fois : « Ne jamais s'abriter sous un arbre en cas d'orage. » Elle courut pour atteindre le chemin qui menait au refuge. Le tonnerre grondait violemment, renvoyé en écho par la montagne comme un roulement incessant. Les oiseaux s'étaient tus, seule l'ondée tambourinait sur les feuilles entre les coups de tonnerre. De temps à autre, un trait d'acier illuminait le ciel. Maud ne pensait plus qu'à se mettre en lieu sûr.

Folle d'inquiétude, Mona arpentait la cuisine en essayant d'imaginer où pouvait être sa petite-fille. L'orage qui s'abattait autour de la maison, faisait sauter l'électricité, augmentant son angoisse. « Et si elle s'était arrêtée chez Armande ? Avec ce temps ! Armande habite à la sortie du village… »

Elle décrocha le téléphone en tremblant, priant pour que Maud se soit réfugiée chez son amie.

— Elle n'est pas ici. Veux-tu que je demande à Romain s'il sait où elle est ?

— Fais vite, insista Mona.

Remplie d'espoir, elle attendit un instant ; enfin Armande reprit le combiné.

— Il me dit qu'il l'a vue sur la place du village. Ils ont discuté un petit peu, puis elle est repartie en annonçant qu'elle serait ce soir à la fête… mais la fête est annulée, tu penses bien avec cet orage !

— Où peut-elle être ?

Mona avait besoin de parler pour atténuer son anxiété.

– Tout ça c'est la faute de ce garçon… le Martiniquais des Nonais… Je t'en ai parlé. Après ce qui s'est passé aux cascades, il ne veut plus la voir… Moi, je n'en suis pas mécontente, mais elle est malheureuse… Elle se rend compte qu'il s'est moqué d'elle… Je ne sais vraiment plus quoi faire… Victor est allé chez ces gens.

– Écoute, Marthe, à ta place, je préviendrais les gendarmes, l'interrompit Armande, il faut la retrouver… Elle ne va pas passer la nuit dehors tout de même !

Décidément, Armande s'en remettait toujours aux gendarmes, mais cette fois, elle avait sans doute raison.

Mona la remercia et raccrocha.

L'orage tonnait loin derrière le mont Gélas, il s'éloignait, mais la pluie ne cessait pas. Maud était transie de froid, elle avait relevé son sweat-shirt sur la tête pour tenter de se protéger et tout en courant elle le tenait à deux mains. Ses longs cheveux mouillés s'agitaient devant ses yeux, elle trébuchait à chaque pas. Soulagée d'apercevoir le refuge de Saint-Martin à quelques mètres, elle ne vit pas la souche, son pied dérapa, une douleur fulgurante lui traversa la cheville, elle perdit l'équilibre et tomba dans la boue. « Oscar ! cria-t-elle. Oscar, je t'en prie, viens ! » Sa voix se perdit entre les arbres, elle éclata en sanglots. Accroupie, se tenant la jambe, elle resta un moment secouée par les larmes. Quand elle tenta de se relever, elle ne pouvait appuyer son pied par terre sans souffrance et se laissa retomber sur la terre mouillée. Elle était abandonnée au milieu des bois, seule. « Qui viendra me chercher ici ? » Elle se raccrocha à l'espoir qu'Opa, qui connaissait tous les endroits où elle aimait aller, ait l'idée de monter jusqu'à Saint-Martin.

Il ne pleuvait plus ; entre les gouttes qui tombaient encore des feuillages, elle reconnut le « hou-hou » de la chouette chevêche. La tempête était bien terminée. Maud reprit courage, elle se contorsionna pour attraper un branchage et s'en servit de béquille. En clopinant sur un pied, elle parvint enfin au refuge et s'y enferma pour pleurer tout son soûl.

Chapitre 14

— Maud ! Maud ! C'est moi Oscar !

Elle avait dû s'endormir, brisée de fatigue et de chagrin, la douceur d'une caresse sur sa joue la réveilla. Oscar était penché sur elle, ses yeux noirs scrutaient ceux de la jeune fille dont le visage était inondé de larmes et de pluie. Complètement désemparé, le jeune homme l'enveloppa de son ciré et lui frotta le dos énergiquement.

— J'ai eu peur, murmura-t-il. Pourquoi es-tu partie ?

Il la serra fortement dans ses bras, soulagé de la tenir contre lui, il la berçait doucement.

— Tu es trempée, qu'est-ce qu'il t'est arrivé ? Qu'est-ce que tu fais là ?

Maud sentait la chaleur dégagée par le corps du jeune homme, elle aurait voulu se lover davantage contre lui mais elle se dégagea d'un geste brusque.

— Mais… ta lettre ?

Il la regarda, interloqué.

— Ma lettre ? Qu'est-ce qu'elle avait ma lettre ?

Maud fixa son regard dans le sien, la tendresse qu'elle y lut la fit douter. Tout à coup, il lui parut évident qu'il ne pouvait avoir écrit ces lignes. Alors qui ? Mona ? Elle connaissait son écriture…

— Je voulais juste te prévenir que Tim et Zelda allaient en ville, que je restais avec Saya et Gramma… Je suis venu te chercher dès qu'ils sont rentrés, mais…

Il hésita à raconter l'altercation avec sa grand-mère. Maud fondit en larmes contre son épaule.

— Mais la lettre disait que tu ne voulais plus me voir ! balbutia-t-elle.

Il l'enlaça plus fortement, la couvrant de baisers.

— Et tu l'as cru ? Mais je veux toujours être avec toi, je te l'ai promis… Je t'aime Maud… on ne se quittera pas…

Quand sa bouche se posa sur la sienne, Maud comprit qu'elle venait de vivre un cauchemar, qu'importait qui avait écrit cette lettre, qui voulait les séparer. Oscar l'aimait, il était là et jamais plus elle ne serait seule.

Grâce aux paroles réconfortantes de Zelda, Opa était presque rassuré, convaincu lui aussi que Maud était allée au refuge. La vieille Renault gravissait la pente péniblement, combattant le vent et la pluie qui ruisselait sur le pare-brise. Malgré les phares, Opa avait beaucoup de mal à discerner la route jonchée de branchages arrachés aux arbres et qu'il devait éviter sans s'approcher du ravin. Il atteignit enfin l'entrée du chemin qui menait à Saint-Martin. Il était épuisé, ses yeux obligés de percer la nuit et la vitre, obscurcie par l'ondée, le brûlaient affreusement. Il gara la voiture sur le bas-côté, il avait encore une demi-heure de marche pour retrouver sa petite-fille. « Sans cette tempête, je serais moins inquiet, songeait-il. Maud connaît chaque sentier, chaque passage… » Il repensait à toutes les promenades qu'ils avaient faites ensemble, tout ce qu'il lui avait appris sur les risques de la montagne, malgré cela il avait hâte de la trouver.

Avec son t-shirt, Oscar avait fait un bandage de fortune autour de la cheville de Maud qui souffrait déjà moins. Il l'avait obligée à ôter tous ses vêtements mouillés et l'avait enveloppée dans son propre pull-over, puis il avait réussi à faire un feu. Tendrement enlacés, ils essayaient de comprendre qui avait pu écrire cette lettre, cause de tous leurs malheurs.

— Je suis sûre que ce n'est pas Mona... Elle ne t'aime pas mais elle n'aurait jamais fait ça...

— C'est vrai qu'elle ne m'apprécie pas trop, ajouta-t-il en riant. Elle m'a carrément fichu dehors quand je suis venu te chercher...

Il raconta brièvement la fureur de Mona.

— Il va falloir qu'elle t'accepte ! trancha-t-elle. Je sais pourquoi elle ne veut pas de toi...

— Parce que je suis noir... C'est tellement courant... surtout en métropole, le regard des gens n'est pas toujours bienveillant... là-bas à Fort-de-France, c'est l'inverse... on oublie qu'on est noir ou métis...

Une certaine tristesse perçait dans sa voix. Maud effleura ses lèvres d'un baiser.

– Moi je m'en fiche, je t'aime comme ça…

Elle passa un doigt léger sur la joue du jeune homme.

– C'est vrai que tu es bien noir… Je te vois à peine… sauf le blanc de tes yeux, s'amusa-t-elle, et tes dents…

Ils rirent. Les flammes éclairaient la pièce d'une lumière rouge et dansante, Maud se réchauffait lentement. Oscar avait du mal à discerner le visage de la jeune fille dans la pénombre rougeoyante mais il sentait son corps contre le sien. Il oublia l'auteur de la lettre, les paroles de Mona et l'embrassa, sa main caressant son dos nu.

– On est bien, murmura-t-il. Rien que nous, enfin !

– Mais on ne peut pas rester toujours là, remarqua-t-elle. Opa et Mona vont se faire du souci…

– C'est la première fois qu'on est seuls, on peut s'embrasser autant qu'on veut sans être dérangés…

Maud recula brusquement. Une idée venait de lui traverser l'esprit.

– Romain ! C'est Romain…

– Quoi, Romain ? Il doit soigner ses bleus, ne t'inquiète pas, il n'est pas prêt de t'approcher à nouveau…

– Je l'ai vu au Villars cet après-midi, il était insolent, arrogant, il m'a dit que tu ne viendrais pas à la fête…

– Et tu crois que c'est lui qui a écrit cette lettre ? Et la mienne alors, elle est où ?

– Est-ce que quelqu'un t'a vu quand tu es venu à la maison ?

– Il n'y avait personne… J'ai fait très vite, Zelda m'attendait, Tim avait très mal…

– Mais Romain t'a vu, je ne sais pas comment… il a échangé les lettres, voilà ce qui s'est passé…

Dans l'excitation et la colère, le pull tomba de son épaule découvrant un sein. Les deux jeunes gens en furent troublés, mais Maud ne ramena pas le lainage sur son épaule. Oscar se pencha lentement pour déposer un baiser sur la peau blanche.

Le bruit de la porte les fit sursauter ; machinalement, Maud se couvrit. Opa marqua un temps d'arrêt devant le spectacle de sa petite-fille à demi nue dans les bras du jeune homme. Puis son visage s'éclaira et il vint vers eux. Il avait l'air épuisé, vieilli.

Maud lui tendit les bras.

– Opa ! Opa ! Tu es venu, je le savais…

Opa était trop heureux de voir Maud saine et sauve pour faire un commentaire sur le spectacle qu'il venait d'entrevoir. N'était-ce pas grâce à Oscar qu'il l'avait retrouvée ?

Ils portèrent Maud sur le chemin du retour. La nuit était tombée, le tumulte de l'orage avait fait place aux bruits familiers. Ils marchèrent en silence jusqu'à la voiture accompagnés du « woo-hou » d'un hibou grand duc occupé à chasser. Lorsqu'Opa l'aida à monter dans la Renault, Maud murmura pour lui seul :

– Quand tu es arrivé… c'est pas ce que tu crois… on ne faisait rien…

Opa sourit.

– Mais… je n'ai rien vu…

Le regard qu'ils échangèrent était chargé d'amour et de complicité.

Chapitre 15

Ballottée par les chaos de la route, Maud ne tarda pas à s'endormir en écoutant Opa et Oscar commenter l'aventure. En arrivant aux Traverses, ils virent une camionnette de la gendarmerie garée devant le chalet.

— Marthe n'a pas pu attendre, remarqua Opa contrarié, elle a fini par les appeler !

Il claqua la portière et demanda à Oscar.

— Réveille-la… doucement, comme tu sais faire ! ajouta-t-il avec malice, moi je n'en peux plus…

Le ciel était redevenu clément, la pleine lune éclairait d'une lumière bleutée le chalet et ses alentours. Bien que sa cheville ne la fasse plus souffrir,

Maud clopina jusqu'à la maison en s'appuyant sur Oscar. Lorsqu'ils poussèrent la porte de la salle, Mona la première se précipita vers sa petite-fille.

— On a eu si peur ! Où étais-tu ? Pourquoi es-tu partie ?

Opa discutait déjà avec les deux gendarmes.

Oscar aida la jeune fille à s'asseoir sur le sofa, puis s'adressa poliment à Mona.

— Il faudrait lui donner quelque chose de chaud, elle a eu très froid…

— Tu as raison, mon garçon, je suis tellement heureuse de la voir !

Et elle courut vers la cuisine.

— Tout est bien qui finit bien, déclara l'un des gendarmes.

— Ta grand-mère était dans tous ses états, ne lui refais plus un coup pareil ! ajouta l'autre à l'attention de Maud.

Puis ils serrèrent la main d'Opa.

— Désolé de vous avoir dérangés, s'excusa Opa.

— On aime mieux que ce soit pour rien ! Allez, au revoir, Victor ! Et prends soin de ta fugueuse !

Un bol de potage brûlant à la main, Mona les accompagna jusqu'à la porte en les remerciant, puis elle revint près de Maud blottie dans les bras d'Oscar.

— Tout va bien, ma chérie, tout va bien ! dit-elle, comme pour se rassurer elle-même.

Opa apporta une épaisse couverture dont il couvrit sa petite-fille.

— Tu te réchauffes ? demanda-t-il en approchant une chaise du canapé.

Maud lui sourit. Il l'avait retrouvée, Mona ne lui en voulait pas et Oscar était là entre eux deux. Elle se laissa aller au bonheur de les avoir tous les trois autour d'elle.

— Maintenant, vous allez m'expliquer ce qui s'est passé, l'un après l'autre ! ordonna Opa.

Ils étaient assis face à lui. Oscar prit la parole le premier et détailla la chute de Tim, le contenu de sa lettre déposée dans la boîte aux lettres, il omit volontairement l'entrevue avec Mona, et termina sur les conseils de Zelda qui avait vu juste.

— Il faudrait que tu la préviennes que tu es ici, suggéra Mona. Veux-tu lui téléphoner ?

Tandis qu'Oscar appelait les Nonais pour rassurer sa tante, Maud montra le papier froissé que Mona lui avait remis.

137

— C'est Romain qui l'a écrit, affirma-t-elle, j'en suis sûre ! Il est jaloux. Hier aux cascades, il s'est jeté sur Oscar parce que...

Elle allait continuer mais s'arrêta, comment dire qu'elle était dans les bras d'Oscar ? Même si Mona semblait reconnaissante au jeune homme du lui avoir ramené sa petite-fille, Maud eut peur de sa réaction.

— Alors c'est Romain qui a agressé Oscar, réalisa Mona. Il a dit à sa tante qu'Oscar te molestait, qu'il voulait te défendre...

La vérité était bien différente de tout ce qu'elle avait imaginé. Elle s'en voulut de ses idées préconçues, et surtout de ne pas avoir écouté Opa.

Elle se rapprocha du jeune homme et lui demanda timidement :

— Je peux t'embrasser ?

Maud les regarda avec soulagement échanger quatre bises chaleureuses.

— Tu es le bienvenu ici, quand tu voudras, murmura sa grand-mère.

Enfin Mona acceptait Oscar !

— Il faut que je rentre maintenant, annonça ce dernier.

Il embrassa Maud tendrement sous le regard affectueux de Mona.

— Je te ramène, proposa Opa. Il est trop tard pour rentrer à pied et je ne serai tranquille que lorsque tu seras chez toi.

Il l'entraîna par le bras. À la porte, Oscar se retourna et sourit à Maud.

— Passe donc déjeuner demain, l'invita Mona. Maud sera ravie, n'est-ce pas ma marmotte ?

Maud fut émue de la complicité subite de sa grand-mère, du tutoiement qui ne laissait aucun doute sur la confiance qu'elle accordait enfin à Oscar.

Lorsqu'Opa et Oscar furent sortis, Mona se tourna vers Maud avec sérieux.

— Dis-moi ma petite-fille, j'espère qu'à aucun moment tu n'as cru que j'étais pour quelque chose dans cette histoire de lettre ? l'interrogea-t-elle.

Maud se lova dans ses bras.

— Bien sûr que non, Mona, et puis je connais ton écriture, ajouta-t-elle en riant.

— Romain ! Un garçon si timide, si réservé !

— Et que tu connaissais tellement bien ! plaisanta Maud.

Mona hocha la tête, elle en avait dit des sottises ! Sa petite-fille lui pardonnerait-elle ? Le rire de Maud la rassura, elles s'embrassèrent tendrement.

— J'ai été stupide, mais c'est parce que je t'aime, je me fais du souci, je voudrais que tu sois heureuse.

— Ne t'inquiète pas, Mona, je le suis et je vais avoir de belles vacances avec Oscar, Opa et toi.

Elle déposa un baiser sur la joue de sa grand-mère.

— On a appris beaucoup de choses toi et moi, c'est un peu grâce à Romain, conclut-elle avec malice.

© Lito, 2007
ISBN 978-2-244-44219-8
www.editionslito.com

Lito
41, rue de Verdun 94500 Champigny-sur-Marne
Imprimé en UE
Loi n° 49-956 du 16 juillet 1949 sur les publications destinées à la jeunesse
Dépôt légal : janvier 2007

Tu as terminé les aventures de Maud ?
Découpe maintenant le bracelet chance
de ce livre et noue-le à ton poignet
en faisant **un voeu.**
Il suffit que ton bracelet magique
se détache pour que **ton souhait se réali**